COSACNAIFY

VITOR RAMIL

A PRIMAVERA DA PONTUAÇÃO

Para Ana Ruth Moresco Miranda, minha Vírgula

UM

Certa manhã pintou-se um quadro negro: uma palavra--caminhão, dessas que trafegam ameaçadoramente inclinadas, carregadas de letras garrafais, atropelou um ponto em uma esquina de frases e fugiu. Revoltada, a pontuação, que a tudo assistira, aglomerou-se no local do acidente. Exclamações nervosas e interrogações confusas logo instalaram o caos, provocando um avanço descontrolado de palavras seguido de grave engavetamento, ao fim do qual uma palavra-pneu rodou na direção de uma padaria, bateu no meio-fio e, saltando sobre o padeiro, chocou-se contra o balcão, quebrando o vidro do mostrador e espalhando palavras-pãezinhos para todos os lados. Um polvilho finíssimo subiu com força entre estilhaços para depois descer suavemente sobre os ombros de um guarda-pó, que chegava com o objetivo de controlar a situação.

Tratando de não ser seguido, Caminhão costurou e descosturou frases obscuras e sem fundamento que discorriam do centro em direção à periferia. Palavra-ônibus, sua mulher, estranhou ao vê-lo chegar em casa. Ele, que costumava voltar do trabalho apenas para o almoço ou no fim do dia, seguido sempre de uma exclamação, aparecia desta vez no meio da manhã e com um desanimado ponto final no para-choque dianteiro. “Caminhão”, ela perguntou, “aconteceu alguma coisa?” “Algo horrível: atropelei um ponto”, ele contou, nervoso. “Será este aqui?”, perguntou ela, mostrando o para-choque. Ele correu para ver. “Pensei que o havia esmagado ou atirado longe. Parece estar vivo.” Caminhão carregou o ponto com todo o cuidado e deitou-o na cama do quarto de hóspedes. Superlativo, o cachorro, pressentindo alteração na rotina da casa, começou a latir no pátio. Caminhão pediu à mulher que o fizesse parar: “Ele está chamando atenção. Ninguém pode saber o que aconteceu”. Superlativo era inteligentíssimo e, por isso, muito inquieto. Mas era também o mais obediente dos cachorros. Palavra-ônibus foi até a janela basculante da cozinha, que dava para o pátio, mandou-o ficar quieto e ele obedeceu.

No local do acidente, o guarda-pó percebeu que a confusão era grande demais e pediu reforço imediato. Enviaram-lhe um guarda-roupa e um guarda-volumes. Mesmo assim a situação foi ficando fora de controle, pois a pontuação, que se movimentava com muita rapidez, estava exaltada além da conta. Exclamações denunciavam aos gritos a falta de segurança no trabalho. Interrogações questionavam a competência dos guardas e do governo. Vírgulas intrometiam-se em todos os grupos, tornando os debates intermináveis. Chegavam pontos de todas as direções. Tomados de indignação, cada vez mais alterados, amontoavam-se na esquina, onde, a certa altura, começaram a protestar com palavras de ordem. A aglomeração atingiu tal proporção que se formou uma pilha negra e imensa cujo ponto culminante era o mais inflamado. Colchetes e parênteses começaram a circundar aquela montanha convulsa numa procissão lenta e contínua. Dois-pontos e aspas acusavam: "Atropelado". Reticências se posicionavam, falando fundo à imaginação: "Desaparecido...".

Palavra-ônibus voltou da cozinha trazendo um copo d'água para Caminhão. "A ironia é que eu estava em ponto morto quando o atropelei", ele disse. "Ele não está morto, querido, te acalma." O ponto não tinha um só arranhão, mas continuava desacordado. "Quem sabe chamamos um médico?", ela propôs. "Não, nem penses nisso. Serei denunciado e preso. Tu sabes o quanto preciso trabalhar. Se Deus quiser, o pobre ponto vai despertar e me perdoar. Não tive intenção de machucá-lo. Os pontos são tão pequenos. E, pra complicar, às vezes tem-se a impressão de que não vão surgir. Na parte moderna da cidade parecem ter sido abolidos por lei, de tanto que não são vistos. Isso confunde quem anda muito de um lado para o outro. Mas nem foi esse o meu caso. Eu simplesmente tinha pressa. Não tenho desculpa. Só não sei onde estava com a cabeça quando decidi fugir. Que grave erro. Agora não posso voltar atrás." "Vamos esperar um pouco, então. Afinal, ele parece tão bem, respira tranquilamente. Vai lá pra sala, descansa; liga a televisão, tenta pensar em outra coisa. Esse simpático ponto vai despertar sem demora. É tão jovem. Vou cuidar dele como se fosse um filho. Meu filho...", disse a mulher. O quarto de hóspedes estava imerso numa penumbra acolhedora. Fora preparado originalmente para o primeiro filho do casal, até eles descobrirem que Palavra-ônibus não podia engravidar. Caminhão percebeu que a mulher se deixava conduzir por esse pensamento triste, mas não tentou detê-la. Saiu do quarto, foi para a sala e ligou a televisão, como ela havia sugerido.

Grego e Latino desceram do automóvel que mantinham em sociedade. Não podiam acreditar no que estavam vendo. "Passa o monóculo", pediu Grego. "Multiforme multidão, aurifulgente caos!", dizia Latino para si mesmo, em êxtase, o monóculo vibrando no olho esquerdo. Grego e Latino eram dois radicais perigosos. Pertenciam aos Compostos Eruditos, grupo terrorista que atuava na clandestinidade sem nunca assumir seus atentados nem deixar pistas, e que tinha por objetivo inocular na sociedade, por meio da educação e da disciplina, uma cepa dos ideais clássicos desenvolvida por eles com o propósito de livrar os cidadãos, ou a "prole tarada", como preferiam dizer, de barbarismos e outros ismos que a infectavam. A "prole tarada", a rigor, era a nação inteira, vista pelos Compostos Eruditos como vítima de um coloquialismo vulgar e degradante. Se dependesse desses sediciosos, um dia o latim clássico não só estaria de volta às igrejas como seria língua franca de quitandas e bordéis; o grego seria moeda corrente em conversas nas altas esferas intelectuais e também nos xingamentos dos campos de futebol. Para chegar lá, defendiam a implantação de um Estado transitório em que o respeito a uma norma-padrão seria absoluto. Os líderes absolutistas seriam eles, obviamente, que se preparavam para ser "disciplinadores iluminados". Grego e Latino planejavam havia anos desencadear uma desordem de grandes proporções, que degenerasse em profunda instabilidade social e criasse as condições necessárias para a ascensão ao poder de seu líder máximo, Homúnculo, o Grande. Pois agora a desordem que esperavam estava à sua frente, genuinamente popular, como jamais fora em seus melhores sonhos. Abandonaram o automóvel ali, entre tantos outros, e se misturaram aos manifestantes. "Amigos telespectadores, estamos ao vivo, transmitindo diretamente do local onde tiveram início as manifestações que, neste momento, paralisam grande parte do centro de Ponto Alegre, capital do nosso querido e, até há pouco, pacato reino de Ponto Alegre", falava Vocativo, conhecido repórter, ao microfone da mais importante rede de televisão do país. Ele tentava, sem sucesso, aproximar-se do local exato do acidente. "Entrevista o sujeito de monóculo que parou ao teu lado", disse o ponto eletrônico no ouvido dele. Vocativo continuou: "Tudo começou com o atropelamento de um ponto por uma palavra-caminhão não identificada. A vítima, no entanto, está desaparecida. Vamos ouvir um cidadão. Senhor, é testemunha do que aconteceu?". "Não, mas dizem que a vítima é um ponto cego que costuma pedir esmolas nesta esquina", mentiu Grego, sem titubear, explorando sua voz de barítono, o olho direito brilhando atrás do monóculo que compartilhava com Latino.

O telefone do Agente da Passiva tocou. A Passiva era a polícia secreta do Rei. O povo a apelidara assim e o apelido pegara, pois era sabido por todos que o Rei não tinha voz ativa nem mesmo em seus nobres aposentos. O Agente da Passiva fora um sujeito na ativa até pouco tempo antes. Após passar uma temporada de molho, entrara para a Passiva, onde começara como agente comum para, depois de uma ascensão vertiginosa, assumir a diretoria da discreta organização, que muitos julgavam uma lenda. "Alô", disse ao aparelho. O caráter sigiloso de seu trabalho o obrigava, muitas vezes, a se comunicar de maneira cifrada. "Vem irrompendo a luz", disse um de seus verbos auxiliares do outro lado da linha, recomendando ao chefe que ligasse a televisão. "A luz é muito apreciada por mim. O vidro da minha janela foi atravessado por seus raios", respondeu o Agente da Passiva, dando a entender que já estava a par dos acontecimentos. Depois de assistir às manifestações por mais um tempo, colocou seus óculos escuros e ganhou a rua com ares de aposentado que sai para uma caminhada.

Dirigiu-se ao gabinete do Regente, a quem se reportava agora, devido ao afastamento do Rei, que se declarara temporariamente impossibilitado de governar – o motivo alegado por Sua Majestade, e aceito pelo Parlamento, era de ordem emocional. Chegando lá, o Agente da Passiva evitou a entrada principal do prédio e encaminhou-se para uma pequena porta lateral, oculta por uma cerca viva. Anunciou-se com duas pancadas fortes e uma leve. "A ante...", alguém disse por uma espécie de respiradouro no centro da porta. "Até após com contra de desde em entre para per perante por sem sob sobre trás", completou o Agente da Passiva em voz baixa, aproximando o rosto da abertura. Senha confirmada, a porta foi aberta e ele entrou.

Em poucas horas as manifestações haviam se espalhado por muitas ruas e tomado nova conformação. Vocativo continuava a transmitir diretamente do local: "Amigos telespectadores, recebemos a notícia de que esse já é o assunto mais comentado nas redes sociais, o que talvez explique a velocidade espantosa com que o número de manifestantes vem aumentando. Eles exigem justiça para o caso do atropelamento do ponto, mas vão além: fazem reivindicações:

principalmente de cunho trabalhista, que apenas de forma indireta podem ser associadas ao episódio que originou os protestos. Observem os cartazes improvisados: PELO EMPREGO DE PARÊNTESES; PELO AUMENTO DO VALOR MELÓDICO; MAIS EMPREGO DA PAUSA, MENOS PAUSA DO EMPREGO; PELA APROVAÇÃO DO DIVÓRCIO ENTRE SUJEITO E PREDICADO; RESTRIÇÃO ÀS RESTRITIVAS; A INFLEXÃO É DÉBIL, O SALÁRIO TAMBÉM. Há escritos não tão sérios, como os bem-humorados ABUSA DA PONTUAÇÃO QUE A GENTE GOSTA, ENTREI À FORÇA NA MENOSPAUSA ou o que está estampado na minúscula camiseta daquela desinibida exclamação: OH! MAIS DESEJO! AH! MAIS ALEGRIA! Não faltam críticas aos políticos e ao Regente, como na ameaça explícita desta pichação: PODEMOS ABREVIAR V. EX.as e o SR. REG. Até a mídia, na pessoa deste apresentador, é alvo de ataque. Reparem no cartaz que uma vírgula sustenta a meu lado: ISOLEM O VOCATIVO. Aproveito para dizer que tenho noticiado os fatos com a mais absoluta isenção e...". "Os guarda-livros!", gritou o ponto eletrônico para Vocativo, interrompendo-o. O apresentador reagiu rapidamente: "A tensão agora aumenta com a chegada de um enorme contingente de guarda-livros, que se divide em vários grupos e... olhem isso: eles passam a investir sobre os manifestantes! Devem ter ordem de dispersá-los à força. Começa uma grande correria. A pontuação faz o que pode para escapar da truculência policial, que...”. O tumulto tornou quase impossível entender o que dizia Vocativo. Ele parou de falar por alguns instantes. A imagem de um ponto e vírgula mancando após ser agredido por um guarda-livros foi mostrada repetidas vezes. A ação paramilitar, espontânea e igualmente violenta de guardanapos surgidos de restaurantes das redondezas, pôde ser vista de mais de um ângulo. Alguns manifestantes começaram a reagir aos guardas usando travessões. Dois deles – guarda-livros – estavam cercados por travessões duplos. Um brutamontes cabeludo aproximou-se da câmera e vociferou contra a pontuação, fazendo gestos obscenos. Ouviu-se a voz do ponto eletrônico: “É um palavrão, é um palavrão! Corta, corta!”. Caminhão estava parado no meio da sala diante daquelas imagens. Queria chamar a mulher, mas a voz lhe faltava. “Nossos patrocinadores!”, anunciou Vocativo, em situação difícil no meio do confronto. Com o intervalo forçado, Caminhão conseguiu se mover. Foi até o quarto onde o ponto estava deitado. Abriu a porta e disse para a mulher, ajoelhada ao lado da cama: “Acho que atropelei o Sumo

Pontífice". "Ele abriu os olhos e me chamou de mãe", disse Palavra-ônibus, emocionada.

O período da regência estava com os dias contados. Não porque a pontuação quisesse pôr-lhe um ponto final, mas porque o prazo máximo de duração determinado por lei se aproximava do fim e o Rei começava a falar em reassumir o comando do país – apesar do empenho da Rainha em mantê-lo afastado, já que isso dava a ela mais liberdade de movimentos tanto para exercer o poder nos bastidores como para levar adiante planos ambiciosos para o futuro, planos que não incluíam o marido. O Regente parecia estar com os dias mais contados ainda: autoritário e elitista, insensível tanto à diversidade quanto à igualdade, nunca fora tão impopular. Como acontece nesses casos, começava a faltar-lhe apoio político. Nos círculos próximos, cada vez mais incompletos e descoordenados, sobrava insubordinação. Por isso ele estava nervoso quando o Agente da Passiva foi vê-lo. "Evite comentários sem nexo", disse o secretário do Regente, Dante, para o Agente da Passiva, ao abrir-lhe a porta. Dante conseguira o emprego por indicação da Rainha, que, em privado, tinha grande ascendência sobre o Regente.

Aliás, o próprio Regente, que nunca fora um nome substantivo, chegara a essa posição por influência dela, de quem agora era quase um fantoche. Evidentemente, não era talhado para o cargo. Mas era justo na incompetência dele que a Rainha apostava, pois a instabilidade social também fazia parte dos planos dela. Bastava o Regente começar a falar para que seus problemas com a regência ficassem patentes: "Acabo ver ao subversivo e apelativo Vocativo: quanta exageração até os fatos! De que ponto chegamos! Espero que trazes alguma novidade", disse ao Agente da Passiva, assim que este foi introduzido no gabinete. "Subversivo pior foi visto e gravado por mim", respondeu o Agente da Passiva, correspondendo às expectativas do chefe por uma novidade no caso. Demonstrando vivo interesse, o Regente convidou-o para sentar. "Grego, membro dos Compostos Eruditos, foi entrevistado por Vocativo em meio à manifestação", continuou o Agente da Passiva. "Esses terroristas pedantes estão em trás das badernas?", indagou o Regente. "Grego não teria sido visto e filmado lá se estivesse envolvido. Mas ponto não é dado sem nó por esse perigoso radical. A emoção do público foi provocada pelo depoimento mentiroso dele. Lenha foi posta na fogueira. De um modo ou de outro, o acontecimento será aproveitado pelos Compostos Eruditos", especulou o perspicaz Agente da Passiva. "Corto-lhes da língua!", gritou o Regente.

"Tum, tum, pra ti *punctum*,* tum, tum, tum, tum", cantarolou Latino ao ouvido de Grego, indicando a ação dos cassetetes dos guardas sobre os pontos desarmados. "'Telegrafia governista' é o nome desse samba", disse Grego ao ouvido de Latino. A pancadaria estava disseminada. "Passa o monóculo, antes que o quebrem", pediu Latino. "Toma. E vamos embora. Já vimos o suficiente", disse Grego, esquivando-se de aspas simples que caíam fincadas no chão, aos seus pés. "Mas o automóvel está preso no engarrafamento", lembrou Latino. "Que fique como símbolo secreto de nossa adesão à revolta. Depois o resgatamos", respondeu Grego. O olhar onipotente de um encontrou o megalômano do outro, e eles se regozijaram. Então foram abrindo caminho com dificuldade, sem deixar nunca de somar suas vozes às dos manifestantes. Tiveram dessa vez o cuidado de desviar das câmeras de televisão, para não levantar suspeitas sobre si.

* Ponto.

Vocativo retomara a transmissão. "Há um ponto pacífico ali, tentando entregar flores aos guardas. Entrevista ele, entrevista ele", falava o ponto eletrônico. "Senhor, o que pretende com essas flores?", perguntou Vocativo. "Sou integrante do movimento religioso Ponto de Cruz. Somos pela não violência", respondeu o ponto pacífico. "Vocês querem é entregar os pontos!", intrometeu-se uma exclamação, arrancando as flores da mão do ponto pacífico. Numa reação inesperada e desproporcional, o guarda-roupa a quem as flores haviam sido oferecidas jogou-se brutalmente sobre os pontos divergentes, por pouco não derrubando também Vocativo e seu câmera, Indicativo, que, no esforço de se equilibrar, ainda teve habilidade suficiente para registrar o voo do ramalhete que se abriu, perdendo talos e pétalas pelo caminho. "Lindo", exultou o ponto eletrônico. A imagem seria reprisada à exaustão, em câmera lenta. "Viste aquilo? Vai deixar claro que esse governo não é flor que se cheire", entusiasmou-se Latino. "Ou que esta é a revolução em flor", acrescentou Grego.

Oscilando entre o alívio e o desespero, Caminhão avançou pela penumbra do quarto e abraçou Palavra-ônibus, que tremia de emoção. O ponto desperto perscrutava o teto do quarto não como se tentasse identificá-lo, mas como se estivesse surpreso por reencontrá-lo. Era visivelmente um ponto fraco. Seu rosto redondo e liso, porém, denotava tranquilidade, quase uma paz profunda. Quem diria que fora atropelado havia pouco? Caminhão se perguntava quem seria o pobrezinho. Até o momento, nenhum parente ou amigo aparecera na mídia em busca dele. Tudo o que se dizia a seu respeito eram suposições. Ainda assim, as notícias mostravam que aquele ponto simples e desconhecido fora rapidamente convertido em ponto de referência por seus pares. Atento ao desdobramento das manifestações, Caminhão começava a entender que ir direto ao ponto tinha sido mais que um mero acidente cotidiano: fora a gota d'água para uma pontuação insatisfeita com as condições de vida e de trabalho. Por isso a franca recuperação da vítima não podia aliviá-lo completamente. Ele temia se transformar num símbolo negativo, expressão criminosa e covarde de um sistema contra o qual a pontuação se rebelava. Se o cenário adverso se confirmasse ele seria punido, de um modo ou de outro. Ainda que o ponto o perdoasse ou até mesmo saísse em sua defesa, ninguém mais quereria estar do lado dele. A pontuação não aceitaria que ficasse impune, sob pena de enfraquecer o movimento; o governo não teria pudor em puni-lo exemplarmente para acalmar os revoltosos. Caminhão e a mulher só tinham agora um ao outro. Viviam modestamente. Palavra-ônibus perdera o trabalho numa editora, onde ideias de que tudo podia ser legal ou bacana eram as mais empregadas. O espírito da época mudara, e com ele os filões de mercado, obrigando a editora, que ademais era mal administrada, a fechar as portas. O desemprego, somado ao diagnóstico médico de que não poderia engravidar, tinham levado Palavra-ônibus a um profundo abatimento. Caminhão faria de tudo para que ela não passasse mais privações, e se fosse preso era o que a esperava. Ele beijou a testa da mulher e decidiu poupá-la, naquele momento, do que acabara de ver na televisão. Nisso o ponto se virou para ele e sussurrou: "Pai".

A velha carruagem real sacolejava pelo caminho de pedras irregulares que levava ao Palácio de Versal, a morada do Rei – que o povo apelidara de Versalete por causa do aspecto atarracado da construção. Em meio ao rangido dos eixos, escutava-se a voz da Rainha: "Apruma-te, moleirão, estamos chegando". A Rainha tinha o rei na barriga. Não desperdiçava uma oportunidade de menosprezar o marido, de fazê-lo sentir-se inseguro. “Impossível manter-se ereto nesta caixa incômoda e desengonçada”, queixou-se o Rei. “Impossível para ti, que és um frouxo. Arruma essa peruca”, ela seguia espezinhando. “Carruagem, perucas... Bobagens que tu inventas. Ninguém mais usa essas coisas hoje em dia”, continuou o Rei, acomodando a peruca que lhe caía sobre os olhos. “Por um lado tu tens razão: poderias não usar nada disso, afinal de contas és um ninguém. Mas, queiras ou não, és também um rei. Então, tenta pelo menos manter as aparências.” “Estou enjoado. Acho que vou...”, disse o Rei, e vomitou no próprio colo antes de poder concluir a frase. “Usa a janela, relaxado!”, gritou a Rainha. O Rei botou a cabeça para fora e golfou outra vez, com força, no instante em que a carruagem adentrava o pátio do Versalete. A peruca voou, misturando-se ao vômito ainda no ar. A carruagem parou e a Rainha desceu, falando aos empregados: “Pão regurgitado e circo para vocês, com os cumprimentos de vossa nulidade real”. O Rei desembarcou com o devotado Aposto em seu encalço. “Se meu Rei, líder dos líderes, permite...”, disse o serviçal com cerimônia, assim que pisaram o chão, e saiu a perseguir o cachorro do Rei, um dálmata, que abocanhara a peruca vomitada e fugira com ela. "Entra pela cozinha. Tu estás imundo", ordenou a Rainha ao Rei. O Rei obedeceu. As cozinheiras não o viram entrar. Estavam todas reunidas em torno de uma pequena televisão, acompanhando a reportagem de Vocativo. O Rei parou atrás delas e viu quando o guarda-roupas se jogou sobre o ponto pacífico e a exclamação; viu o ramalhete de flores desfazendo-se em câmera lenta em meio à pancadaria generalizada. Os olhos do Rei encheram-se de lágrimas. Foi quando as empregadas sentiram seu mau cheiro. "Há algo de podre no reino de Ponto Alegre", disse uma delas. "Sou eu", disse o Rei, afastando-se cabisbaixo, "sou eu."

Grego e Latino chegaram à rua onde os Compostos Eruditos costumavam se encontrar. A casa em que se reuniam ficava numa quadra de poesia que antigamente fora uma quadrinha popular. Com o passar dos anos o lugar se sofisticara, até tornar-se conhecido como uma zona de versos tradicionais, sem, no entanto, chegar a se transformar em área exclusiva de moradores abastados. A vizinhança era principalmente de rimas ricas, mas muitas rimas pobres ainda viviam por ali, emparelhadas, alternadas ou interpoladas. A atmosfera da rua era austera, pelo aspecto tanto das construções como dos moradores e até dos passantes. Mas, ao mesmo tempo, algo parecia contagiar tudo e todos com um ar de desapego e loucura, uma espécie de abstração transbordante que conferia ao lugar um quê de charmosa extravagância. Era uma área residencial. O único empreendimento comercial era o Centro de Cavalgamento, conforme inscrição em um pórtico de mármor de Carrara – da calçada ouviam-se os cavalos trotear: apócope, apócope, apócope –, dirigido por um francês, o professor Enjam Bement. "Vamos atravessar, que aquele eneassílabo é um anapéstico", disse Latino. "Ao ladino saúdo de longe", cumprimentou o eneassílabo, de maneira pausada e irônica, ao ver que Grego e Latino mudavam de calçada para não cruzar com ele. "O chato me chamou de ladino...", sussurrou Latino ao Grego, indignado, acenando de volta com má vontade. "Esqueceste que esta rua nunca está deserta", observou Grego, chamando a atenção de Latino para as irmãs Redondilha, que se aproximavam. "Como é bom te ver!", exclamou a menor para Latino, abrindo os braços. As rechonchudas irmãs eram muito queridas por todos. A maior conseguia ser, ao mesmo tempo, popular e admirada pelos poetas cultos, mas a verdade é que as duas falavam demais. Grego passou reto, sem sequer saudá-las. Foi sua vez de ouvir uma ironia: "Grego a passo em branco passa", disse a maior, dando o troco da descortesia. Latino não teve saída: parou para uma breve conversa. Grego não fez menção de esperá-lo, apenas foi em frente. Pensava que as manifestações não deveriam repercutir por ali, onde a pontuação era pouco vista. Se a cidade entrasse em ponto de ebulição, aquele se confirmaria como um lugar perfeito para conspirar sem levantar suspeitas. Andou até a esquina e parou diante do muro derruído da quinta do Heroico Quebrado, um ex-militar e ex-ricaço. Absorto em seus pensamentos, nem reparou no Galego, que, em troca de moedas lançadas na boina puída, costumava tocar e cantar ali seus versos de gaita galega. O lugar das reuniões ficava em frente, na quinta em estilo clássico de Carlos Alexandrino, poeta e político conservador que defendia a volta da cesura. A propriedade, de extensos jardins, era ladeada pelas quintas de dois nobres, um Soneto Italiano e um Soneto Inglês, com os quais Carlos Alexandrino mantinha boas relações. Desvencilhado das irmãs, Latino alcançou Grego a tempo de voltar a atravessar a rua com ele. "Ai, que saudade, galega querida", cantava o Galego.

A manifestação no local do atropelamento foi sufocada pela ação implacável dos guarda-livros. Os manifestantes mais exaltados estavam presos; os feridos eram atendidos pelos pronomes de tratamento ali mesmo, na rua. Mas a revolta da pontuação estava longe de ser contida. Os recém-dispersos recusavam-se a voltar para o sossego de suas casas. Pelo contrário, aqueles que estavam no sossego de suas casas é que saíam às ruas para juntar-se aos que agora vagavam sem rumo certo, interrompendo frases e gritando palavras de ordem. Rádios e televisões começaram a cobrir protestos em muitos pontos da cidade. Na internet, além de imagens, multiplicavam-se discussões sobre o tema. Já era grande o número de comunidades de internautas que, ostentando nomes como "Os pontos são o fim" ou "Os pontos são fofos", se diziam contra ou a favor do movimento. Inspirado na pontuação, ainda que defendendo algo próximo de seu descarte, o Coletivo Virtual Revolucionário ia mais longe: pregava a substituição total do sistema ortográfico vigente pelo internetês. "Ninguém vai nos botar um ponto final ;)", postou a militante Penélope Bloom, pseudônimo utilizado pela Rainha para se manifestar de forma anônima na página do CVR no Facebook. Depois ela passou a mão no telefone e ligou para o Regente. “Escuta aqui, seu inominável”, disse quando ele atendeu, “todos esses pontos que aí estão atravancando o meu caminho: eles passarão, eu ficarinho? Devo trocar minha carruagem por um helicóptero? Passarei a me expressar como uma tartamuda? Terei de contratar um pintor pontilhista para pintar o meu retrato?” “Sim, quer dizer, não”, tentou responder o Regente, atordoado, “não o sim, sim o não.” “O que estás esperando para esmagar esses irresponsáveis? O que eles estão querendo afinal de contas?”, ela vociferou. “A pontuação exige por mudanças. Todos pontos sentem atropelados. Alegam. Ou são mal empregados ou perdem dos empregos cada vez mais, devido”, esforçava-se para explicar o Regente. A Rainha não o deixava falar: “Pois acaba também com os maus empregadores! Sem um pulso firme, essa revolta vai se espalhar, e aí é que não vais mais controlar coisa nenhuma. Prende os teus vizinhos, o dono do armazém, o barbeiro... Há um movimento revolucionário na internet que não emprega um só ponto final, substitui interrogações por barras, usa dois-pontos e parênteses para fazer carinhas, coloca vírgulas nos lugares mais degradantes e obriga exclamações a enfrentar filas. O que estás esperando para descobrir quem está por trás disso? Encontra esses bandidos e dá uma porretada fatal na cabeça de cada um deles". "Mas isso vai transformar caos definitivo! Infelizmente preciso conversas contra negociadores antes", quis argumentar o Regente. E isso foi tudo o que a Rainha ouviu, ou fez que ouviu, pois desligou o telefone enquanto ele falava. Passos familiares soavam no corredor. Ela correu e entreabriu a porta do quarto a tempo de ver o Rei, ainda sujo de vômito, vacilando diante da porta em feitio de guilhotina que ela havia encomendado ao marceneiro real e mandado instalar na entrada dos aposentos do marido. Silenciosamente, voltou a fechar a porta. Então jogou-se na cama e afundou o rosto nos travesseiros para abafar o riso que já não podia conter.

Depois de chamar Caminhão de pai, o ponto fechou os olhos e voltou a dormir. Caminhão quase apagou junto. Aquilo era demais para ele. Palavra-ônibus o segurou pelo braço e o tirou dali. Na sala ele chorou convulsivamente. Já não entendia seus sentimentos, não sabia o que pensar. Enquanto consolava o marido, Palavra-ônibus inteirou-se dos últimos acontecimentos pela televisão, que não cessava de transmitir as manifestações e enfrentamentos nas ruas, e pôde então entender o drama que o marido estava vivendo. "Olha só o que eu provoquei", lamentava-se Caminhão, entre soluços. "Não sejas ingênuo", ela ponderou, "isso transcende o atropelamento do ponto. E o mais importante: ele está vivo." "Vivo, mas sabe-se lá em que condições. Pensa que somos seus pais..." "Deve estar em estado de choque. Isso passa. Vamos cuidar dele, esperar que se recupere. Depois vemos." "Depois vemos... Isto tudo pode até passar para ele. Mas passará para nós? O que nos garante que ele será capaz de reconhecer o afeto que lhe tenhamos dedicado? E a pontuação, e a lei, o que pensarão? Que agi como um bom pai? Nada disso. Farão de tudo para que eu seja condenado, preso ou impedido de trabalhar. Podes imaginar as consequências disso para a nossa vida?" "Não vamos nos desesperar. As coisas estão evoluindo a nosso favor: o ponto se recupera, os protestos da pontuação assumem um caráter e uma proporção que, aos poucos, te retiram do centro dos acontecimentos. E quanto a uma possível condenação, já te ocorreu que o ponto pode ter sua parcela de culpa? Vamos esperar para ver o que ele tem a nos contar." "Esperar... Preciso sair, retomar meu trabalho." "Não por enquanto. Vamos ficar em casa e deixar os ânimos lá fora se acalmarem. Estamos seguros aqui. Se tivessem te identificado, já teriam vindo à tua procura – tuas placas embarradas parecem ter sido de grande serventia. Prometo nunca mais reclamar da tua falta de banho... E se ninguém deu falta do ponto, é porque ninguém sabe quem ele é. Talvez seja um desses infelizes que andam rolando pela rua, para quem a sociedade só liga quando precisa exercitar sua demagogia. E quanto à repercussão na mídia, ela não é de todo ruim, gera polêmica, e a polêmica já está tão grande que falta pouco para começarem a questionar a existência do ponto ou o seu atropelamento." "*Eu* sei que ele existe", disse Caminhão, "ele me chamou de pai."

"Amigos telespectadores, falo agora de nossos estúdios, onde começa mais um *Palavras Cruzadas*, o programa de debates líder de audiência. O tema não poderia ser outro: as manifestações que tomam conta de Ponto Alegre. Nossas equipes de reportagem continuarão a transmitir das ruas, mantendo-nos informados sobre os últimos acontecimentos", introduziu Vocativo. "Os convidados de hoje são o poeta Ponto de Orvalho e o psicólogo Ptolomeu, organizador do I Encontro Consonantal de Ponto Alegre.

Começando pelo senhor Ponto de Orvalho: na sua opinião, o que teria levado os protestos pelo atropelamento de um ponto até o momento anônimo a tomar essa proporção de levante popular?" "Pois é, meu caro Vocativo, de repente nossa sociedade tão hierarquizada descobre que nós, a pontuação, esse mero acessório empregado para simular na escrita a riqueza expressiva da oralidade, temos voz e pensamento próprios. Coloco-me no lugar dos todo-poderosos nomes e verbos e imagino sua preocupação: como lidar com uma exclamação que questiona, uma interrogação que se exclama, um ponto que quer dar livre curso às ideias ou uma vírgula que pretende pôr um ponto-final no atual estado de coisas? A verdade é que a pontuação, sabidamente acomodada, resolveu reagir ao rebaixamento de serva a pária a que tem sido submetida ao longo da história. O atropelamento de um ponto – e principalmente por tratar-se de um ponto anônimo, talvez menor abandonado, um desses pobrezinhos que se criam seguindo palavras de baixo calão – foi o estopim da revolta por ser emblemático da condição em que se encontra a pontuação como um todo. Uma pesquisa recente indica que mais de setenta por cento das famílias de pontos já tiveram um parente atropelado. Estamos diante de um sério problema social. Ao se indignar e sair às ruas, a pontuação apenas reivindica para si aquilo a que tem direito. E ela quer mais que segurança: quer ser respeitada para poder desempenhar seu papel com dignidade. O que temos visto por aí vai em sentido oposto. Os ponto e vírgulas estão sendo conduzidos a uma aposentadoria forçada. As exclamações, ao contrário, vêm sendo empregadas em excesso, o que anula seu efeito e as desvaloriza. Banalizadas pelo uso inadequado, deixam de ocupar posições importantes e significativas. Passa algo parecido com as reticências. É doloroso topar com tantos três pontinhos vagando à toa entre palavras ou frases, muitos deles carregando nas costas entrelinhas inúteis. Mas não podemos aceitar que sua erradicação pura e simples, como aconteceu por ocasião da limpeza das quadras de poesia, seja adotada como solução única em qualquer circunstância. Sobram exemplos de descaso para com a pontuação e falta reconhecimento de sua importância em nosso dia a dia. Quando tudo flui, quem leva os louros é a escolha de palavras, a sintaxe, as rimas ou as ideias, nunca a pontuação, que passa despercebida justamente porque fez um bom trabalho. Já quando as coisas não andam bem, a culpa sempre recai sobre ela. Ora, de quem é a culpa quando dois-pontos ou uma vírgula são mal-empregados? A pontuação precisa trabalhar, não pode se dar ao luxo de escolher o emprego. Se ela se manifesta, acho que, para o bem de todos, deveria ser ouvida."

Nem bem Grego e Latino fecharam o portão de ferro atrás de si, o Galego, do outro lado da rua, aproximou a boca do ombro e cantou baixinho: "Cocorocó faz o galo Cornélio, anunciando latinos e gregos". Depois começou a soprar o fole e a tocar uma melodia tradicional. O Galego era espião da Passiva e se comunicava diretamente com o Agente da Passiva através de um dispositivo instalado na ombreira de sua gaita. Estava ali justamente para manter o chefe informado sobre quem participava das reuniões dos Compostos Eruditos, pois a Passiva acreditava que aqueles encontros feitos às claras acobertavam atividades clandestinas do grupo. Pelas contas do Galego, Grego e Latino eram os últimos a chegar. O Agente da Passiva sabia que eles ocupavam posições de liderança dentro da organização. Acima deles havia apenas Homúnculo, o Grande, mas esse era um sujeito oculto, muitas vezes, indeterminado. O Agente da Passiva e o Galego não o conheciam. Tudo o que sabiam dele era que se tratava de um diminutivo erudito, em outras palavras, um baixinho culto, falante de grego e latim – o que não era difícil de deduzir de seu nome e sua posição. A provável companheira dele era a culta Norma, habituée das reuniões na casa de Carlos Alexandrino, mulher corpulenta, solitária e regrada, cuja vida podia facilmente ser objeto de estudo. Mas segui-la e saber muito sobre ela nunca ajudaram na localização e prisão de Homúnculo, o Grande, ambição maior do Agente da Passiva, que achava que, uma vez preso o líder, o grupo seria ferido de morte. Só que, para isso, mais que identificá-lo e pôr as mãos nele, seria preciso ter provas de prática terrorista por parte dos Compostos Eruditos, o que ainda não fora possível obter. A organização começara como um clube científico e literário de perfil conservador e gozava ainda de grande prestígio devido a ações sociais benemerentes. O início das supostas atividades clandestinas coincidira com a morte de alguns de seus membros mais velhos, que, especulava a Passiva, teriam sido assassinados pelos Hibridistas, facção extremista dos Compostos Eruditos, com o objetivo de abrir caminho para a liderança única de seu protetor, Homúnculo, o Grande, e dar novo curso às atividades do grupo. Mesmo que os Compostos Eruditos quase já não atuassem publicamente, seus membros continuavam a se reunir sob pretexto de estudar os clássicos ou a língua pátria. Mas o governo sabia que por trás dessa fachada eram gestadas violentas ações político-revolucionárias. E estava determinado a abortá-las.

"Ó Maria do Ó!", disse Vocativo, chamando a repórter que cobria as manifestações de rua para seu programa, "como vão as coisas por aí?" "Vocativo, os ânimos seguem exaltados. Estamos no centro de Ponto Alegre, onde os pontos não estão nada alegres. Há muita indignação entre eles, que continuam, pelo menos assim parece, a se mobilizar de forma espontânea. O que não se vê aqui são líderes: as ruas estão tomadas por grupos que avançam como que ao acaso, em mais de uma direção. Quanto aos protestos, são, em sua maioria, dirigidos aos políticos e ao governo. Sabe-se que, nas partes da cidade abandonadas pela pontuação, ocorrem engavetamentos de palavras e formação de frases incompreensíveis. Aqui, ainda que por motivo oposto, a coisa não é muito diferente: o excesso de pontuação vem provocando truncamento e paralisia. Com isso, as vias de acesso ao entendimento vão sendo todas fechadas." "Maria do Ó, obrigado.

Voltaremos a chamá-la a qualquer momento", despediu-se Vocativo. "Retomando o nosso debate: caro Ptolomeu, gostaríamos de conhecer seu ponto de vista sobre as manifestações. O senhor acha que, em se prolongando, elas poderão afetar de forma negativa o tão esperado Encontro Consonantal, marcado para o fim do ano, que promete reunir para estudos e debates consoantes de todo o país e do exterior, incluindo enormes comitivas polonesas e húngaras?", perguntou Vocativo, desculpando-se por haver pronunciado mal o nome do convidado, dizendo *Pitolomeu*. "Amigo Vocativo, não há do que se desculpar. Até porque as vogais intrusivas, do mesmo modo que a pontuação, *adivogam* incansavelmente por seu emprego. É difícil resistir a elas", respondeu Ptolomeu com simpatia. Vocativo e Ponto de Orvalho riram. "Aliás, nossa relação com essas intrometidas é tão próxima que vamos homenageá-las na agenda cultural do Encontro, programando a apresentação de um coral de mil vogais intrusivas para interpretar a música 'Suarabácti, Johnny', de *Bréchiti*." "Mil vozes!", surpreendeu-se Vocativo. "E, de tão intrusivas que são, nem será preciso convidar o coral...", brincou Ptolomeu, descontraindo ainda mais o ambiente.

Cornélio, o galo, acercou-se de Grego e Latino como um cão de guarda. Depois de aparentemente reconhecê-los, antecipou-se a eles e correu pelo caminho que levava até a casa de Carlos Alexandrino, abrindo as asas e cantando como se os anunciasse. Enquanto o jardineiro Virgílio não surgiu discretamente do meio das árvores para receber os visitantes, o bicho não sossegou. Virgílio conduziu Grego e Latino até a biblioteca, onde os Compostos Eruditos acompanhavam em silêncio o debate na televisão. Muitos deles tinham visto Grego dar seu depoimento a Vocativo no local do acidente e estavam curiosos para escutar pessoalmente o seu relato, mas ninguém desgrudou os olhos da televisão quando ele e Latino adentraram o recinto. Os dois sentaram-se em seus lugares de sempre. Grego estava tão deslumbrado com o que considerava a gênese da revolução que não pôde prestar atenção no debate. Seu olhar vagueou pelas lombadas de livros que enchiam até o teto as paredes do grande e austero ambiente. Todo aquele mundo de cultura estaria, em breve, fundamentando um novo contrato social: era o que ele pensava. As recordações dos primeiros encontros dos Compostos Eruditos, quando os projetos políticos ainda pertenciam à esfera dos sonhos, tomaram seu pensamento. Ele e seus companheiros haviam tido uma longa e árida jornada de estudos, discussões, planos, ensaios e escassas ações até chegar ali. Lembrou-se com emoção do dia em que o Rei comunicara à nação o seu afastamento temporário, fato que, para os Compostos Eruditos, representara a primeira vitória significativa. Homúnculo, o Grande, previra, uma semana antes, que aquilo aconteceria. Quando o vaticínio se confirmou, quase todos acharam que fora uma ação genial perpetrada única e exclusivamente por seu iluminado guia, porque havia muito circulava entre eles a lenda de que Homúnculo, o Grande, mantinha um caso genitivo com a Rainha com o fim de penetrar a intimidade da monarquia como um todo e miná-la por dentro. Os castos do grupo recusavam-se a acreditar. Para eles, a atitude lasciva não seria do feitio de seu honrado líder nem do da esperta Rainha, que declinaria desse tipo de investida. Já os sátiros referiam-se carinhosamente a Homúnculo, o Grande, como Pinto de Troia. Até mesmo o jardineiro Virgílio, que escrevia versos bucólicos, cometera um poema jocoso sobre o tema, que começava assim: "Canto a arma, o varão...". Grego esboçava um sorriso ao rememorar essas piadas internas e imaginar que um dia poderiam ganhar as ruas, como parte da mitologia daqueles tempos heroicos. Tudo então teria valido a pena.

"Voltando à sua pergunta", disse Ptolomeu, dando continuidade ao debate, "vejo as manifestações da pontuação como parte de nossa dinâmica social. Lamento que tenham sido desencadeadas por um sério acidente, e torço para que o ponto atropelado reapareça com vida e saúde. Mas acho que todos nós sairemos ganhando com o desdobramento do episódio, se o encararmos positivamente. Arrisco-me a dizer que estamos testemunhando uma primavera da pontuação, um movimento que pode ser transformador para toda a sociedade. Por isso, penso que o I Encontro Consonantal de Ponto Alegre deve se beneficiar com as atuais manifestações, até porque as experiências da pontuação e dos encontros consonantais têm semelhanças. Aquela se sente discriminada? E o que dizer destes, então, que sofrem tantas restrições no dia a dia? Quantas estratégias para evitá-los! Não é à toa que o emprego está sempre em alta entre as vogais intrusivas, cujo trabalho é justamente desfazer os encontros consonantais, com o argumento de tornar a pronúncia das palavras mais fácil. Por favor, não interpretem este comentário como discriminação às vogais. Reconhecemos que nossos amigos hiatos vivem situação parecida com a nossa. Sem nenhuma cerimônia, 'chá' com 'eira' vira 'chaleira', 'café' com 'eira' vira 'cafeteira', enquanto as consoantes de ligação, vilãs no caso, comemoram as baixas taxas de desemprego da categoria... Estamos cientes de que os poetas, desde sempre, evitam os hiatos na juntura de palavras, muitas vezes por puro preconceito, abrindo mão até mesmo de seu grande poder expressivo. Portanto, é para pedir uma licença poética aos poetas, entre outras coisas, que os hiatos também participarão, como convidados, do Encontro Consonantal, que, como vocês já podem ver, terá espírito pluralista – ainda que os encontros consonantais sejam evitados nas formações de plural", disse Ptolomeu, levando novamente os debatedores a rir.

"Estás prestando atenção nesse debate?", perguntou Palavra-ônibus ao marido. "Não muito", disse Caminhão, desanimado. "É bem o que eu te falei: a revolta nas ruas tomou uma dimensão tal que quase já não se fala no acidente. E queres saber por quê? Porque a revolta ia estourar com ou sem ele. Então não puxa para ti a responsabilidade por tudo o que está acontecendo. Além do mais, pode ser mesmo uma primavera, que é uma coisa linda, uma aurora. Vamos nos preocupar em cuidar do ponto. O psicólogo disse que está torcendo pelo reaparecimento dele com vida e saúde. Significa que essa possibilidade está sendo prevista, que não estás condenado por antecipação. Quando o ponto reaparecer em plena forma, quem sabe até agradecido a ti, tudo será esquecido." Palavra-ônibus se esforçava para animar o marido. "Não perdeste o cacoete dos livros da tua antiga editora, querida. O sujeito é um psicólogo. Psicólogos têm sempre essa conversa mole. Primavera... E achas mesmo que um dia o ponto poderá ser agradecido a mim?", questionou Caminhão. Palavra-ônibus fitava o chão, tinha agora o pensamento longe, pensamento que parecia exigir dela o aporte de todos os sentidos. "Tudo bem?", perguntou Caminhão. Ela permaneceu mais um tempo calada, numa espécie de êxtase, depois se voltou para o marido aflito e disse: "Não perdi mesmo o cacoete daqueles livros. Sorte a nossa. Falando em ser agradecido, lembras de *Agradecido a Deus: o pastor de almas*?". "Teu livro, amor, tão bom, que te deu tanto trabalho e que teu incompetente editor lançou para a obscuridade. Como poderia esquecer?", disse Caminhão. "Pois chegou a hora de fazer valer a pena tê-lo escrito um dia, de experimentar na prática aquelas ideias que tanta elaboração exigiram de mim. Se estás temporariamente impedido de realizar o teu trabalho, eu tenho a obrigação de realizar o meu. E se há uma coisa que julgo saber fazer, é ensinar a pastorear almas", disse Palavra-ônibus, um tanto enigmática. "E quem seria o aprendiz de pastor?", perguntou Caminhão. "Tu", ela respondeu, peremptória. Caminhão riu, desconcertado. "Eu? E com que finalidade?" "Antes de mais nada", ela começou a explicar, "te mobilizar, não permitir que fiques de mãos atadas, prisioneiro de uma situação que pode se prolongar por um tempo intolerável. Depois, te colocar no caminho de fazer o bem para os outros, o que será bom para o teu emocional. Querido, vamos embora deste bairro, viver outra vida, longe dos teus conhecidos, do teu antigo trabalho; recomeçar! Tens carisma, inteligência e bondade suficientes para te tornares um bom pastor. Quem suspeitaria de um pastor? Vamos fundar uma igreja!" Caminhão se sentou numa poltrona, achando que ia desmaiar.

"Caro Ptolomeu, foi anunciada a presença de um convidado internacional que, suponho, virá reforçar o espírito pluralista do Encontro. O senhor poderia nos falar um pouco sobre ele e o significado de sua participação?", pediu Vocativo. "Sim, perfeitamente. E obrigado por lembrar", disse o psicólogo, "o assunto é importante, e também tem a ver com os hiatos. Como se sabe, um dos recursos da nossa língua para evitar os hiatos é a criação de ditongos crescentes – e como eles têm crescido, com todos esses subsídios governamentais à sua criação extensiva! Pois nosso convidado internacional, o presidente da atual República do Tongo, Ditongo, que virá apresentar o bem-sucedido programa de inclusão social dos encontros consonantais em seu país, falará também da relação entre ditongos e hiatos, que marcou sua ascensão ao poder e tem sido um tema delicado de sua administração. Como nos conta a história, o ditador Hiato governou o Tongo, com saúde de ferro, por mais de cinquenta anos. Até que, sofrendo pressão internacional e um forte embargo econômico, foi obrigado a organizar eleições. Quando Ditongo foi lançado como candidato único da oposição, hiatistas radicais acusaram-no de ser um político paternalista e o atacaram sob o lema 'Não queremos pais. Queremos um país'. Para os conciliadores, se Ditongo e Hiato se unissem, seria a glória. Mas o que por fim prevaleceu foi a percepção do eleitorado de que uma mudança política profunda não podia mais ser adiada. E Ditongo terminou eleito com a grande maioria dos votos. Trata-se de um protagonista de vulto da história moderna, sujeito de notoriedade mundial. Considero de extrema importância a oportunidade de ouvir o que ele tem a nos dizer, especialmente nestes tempos de instabilidade social. Ditongo será o único convidado internacional a falar no Encontro."

No final do debate, Carlos Alexandrino desligou a televisão e saudou os presentes: "Bendita a pontuação, bem-vindos os heróis!". "Eia, eia! Alalá!", gritaram em coro os Compostos Eruditos. Grego, que continuava enlevado por seus pensamentos, quase caiu da cadeira com a explosão de alegria dos companheiros. Latino, percebendo que o amigo estava um tanto aéreo, tomou a palavra e contou rapidamente o que haviam presenciado no local do acidente. Concluído o relato, Grego, já devidamente recomposto, integrou-se ao clima geral: "Pobre ponto cego: parece que ninguém o viu...", disse com ironia, lembrando a mentira que contara a Vocativo. E uma onda de gargalhadas varreu o interior da mansão. Os Hibridistas eram os mais ruidosos, até porque ficavam sempre juntos sob um estandarte de sua facção, que tinha por emblema a figura de um bígamo e suas duas mulheres sobre uma bicicleta. Quando a excitação coletiva amainou, Grego se levantou e pediu silêncio. Depois se inclinou de modo solene na direção da culta Norma, que, dando prosseguimento ao ritual, depositou na mesinha à sua frente o velho livro que até então mantivera sobre os joelhos, abriu-o com extremo cuidado e começou a folheá-lo devagar, tentando localizar seu oráculo Dionísio, a Traça. A palavra que Dionísio, a Traça, estivesse em vias de devorar deveria ser lida em voz alta pela culta Norma e serviria de mote para a etapa seguinte da reunião. "Magnificentíssimo", ela pronunciou por fim. Seguiu-se um profundo e expectante silêncio. Até que a voz de Homúnculo, o Grande, brotou de trás de uma das estantes de livros, soando como se ele acabasse de engolir todo o pó da biblioteca: "Um superlativo, cultíssima Norma; *superlativu*, integérrimos e nobilíssimos guerreiros de dificílima causa. Que grandessíssimo momento! Todos os superlativos juntos seriam pouco para defini-lo. Mas Dionísio, a Traça, não quer nos dizer apenas isso, que este momento é magnífico além da conta. Ao servir-se de um sonoro superlativo em 'íssimo', marca exemplar de influência culta em nossa língua, para se comunicar conosco, ele está nos dizendo que este é o *nosso* momento, que é chegada a *nossa* hora de influir, de, definitivamente, fazer a diferença. *Alea jacta est*!"*.

Palavra-ônibus trouxe um copo d'água para o marido e retomou a ideia de fundar uma igreja: "As economias que temos servirão para nos manter em casa por um período, durante a tua preparação de pastor, e depois para a nossa mudança. Vamos alugar uma casa no outro lado da cidade. Lá começaremos do zero. Precisarás de uma nova identidade. E tua igreja, de uma palavra-chave. Vamos começar a pensar nisso desde já. Deixa eu ver... Em *Agradecido a Deus* empreguei muito a ideia de 'caminho' como... claro! Caminhão, caminho... Vamos destinar o 'ã' do teu nome para outra coisa e fazer de ti um Caminho, meu marido Caminho, a Igreja do... Caminho! 'Caminho' é uma expressão muito sugestiva. E é um belo nome também. O ponto vai se orgulhar de um dia ter estado no teu caminho, melhor dizendo, de *estar* no teu caminho, porque será o teu caminho, fundamentado nos valores mais elevados, que irá trazê-lo de volta à vida". "O que vejo,

* O dado está lançado (a sorte está lançada).

infelizmente, é um caminho fundamentado no charlatanismo. Achas que vou me submeter a isso? Por favor, já tenho preocupações demais”, reagiu Caminhão. “Perfeita a tua reação. Falei que tens carisma, inteligência e bondade, não carisma, inteligência e esperteza. Na tua igreja haverá doações financeiras, sim, nada mais razoável; mas haverá também doações espirituais, e estou segura de que és correto e sensível o suficiente para lidar do modo certo com ambas”, argumentou Palavra-ônibus. “Não dava pra ter pensado em algo mais simples?”, questionou Caminhão, dando mostras de que acabaria concordando com ela. “Não me ocorre nada mais simples que isso, nada mais natural e adequado”, ela respondeu. “Se é simples, me diz o que vou fazer com o ‘ã’?”, provocou ele. “Já pensei nisso também”, ela disse, sem se intimidar.

Depois de muito andar de um lado para o outro do quarto, o Rei, que estava profundamente deprimido, sentou-se na cama e apanhou um dos livros que mantinha na mesinha de cabeceira, seu livro favorito. Releu algumas passagens e parou na seguinte frase: “A única saída do profundo e escuro poço em que eu estava levava ao alto e luminoso céu”. A imagem, que parecia dirigida a ele, provocou-lhe um arrepio.

Levantou-se, caminhou até a janela e espiou o céu. Num ímpeto, dirigiu-se aos aposentos da Rainha. "Preciso falar contigo", disse, batendo na porta. "Não estou", respondeu a Rainha. "Pensei ouvir a tua voz", rebateu o Rei, cuja paciência era infinita. "Isto é uma gravação", disse a Rainha, enquanto postava no Twitter, assinando como Penélope Bloom, um comentário ofensivo ao Rei. Pressentindo que o marido não arredaria pé, ela desligou o computador e abriu a porta. "Ainda cheiras a vômito", reclamou, cobrindo o nariz com um lenço. "Preciso voltar", ele exclamou. "É só dar meia-volta", ela disse, indicando a porta. "Não, voltar ao trabalho, reassumir minhas funções." "Deixa disso, criatura", desconversou a Rainha, "reis não trabalham." "Trabalham, sim. Exercem, e por direito divino, uma função da maior responsabilidade. Rainhas é que não fazem nada. Só sabem conspirar ou viajar na internet", reagiu o Rei. "Sou das que viajam na internet", defendeu-se a Rainha. "Tenho de voltar, meu reino está precisando de um pulso firme no comando", argumentou o Rei. "Querido, teu pulso não está firme nem para comandar os talheres à mesa...", desdenhou a Rainha. "Pelo jeito não pretendes me apoiar nessa volta", reclamou o Rei. A Rainha, percebendo que ele não seria demovido facilmente, tratou de envolvê-lo e manipulá-lo, coisas que sabia fazer muito bem. "Evidente que te apoiarei. Só acho que não se trata de voltar e pronto. Tua volta é algo a ser construído, o que, aliás, já está sendo feito. Podemos, sem dúvida, acelerar o processo, mas tomando sempre o cuidado de não nos precipitar. Pensa bem, quem te levaria a sério se voltasses neste momento? Alguém daria um jeito de te puxar o tapete vermelho antes que alcançasses o trono. Portanto, vamos manter a cabeça fria. Sem ansiedade, sem pressa. A crise por que passa o país é pontual e não vai se prolongar. Caso se prolongue, pode ser até que reverta a teu favor, fazendo com que o povo se sinta inseguro e peça a tua volta. Já te imaginaste voltando nos braços do povo?" "Muito bem, pode não ser hoje ou amanhã, mas estou determinado a voltar. O que vejo, do fundo do poço, é o céu. Vou perseverar pelo árduo caminho que leva ao mais alto de mim mesmo!", bradou o Rei em tom épico. "Ih, andaste lendo aqueles livros idiotas outra vez. Por acaso não recomendam um bom banho antes de empreender a viagem?", disse a Rainha, conduzindo-o para fora do quarto.

"Eia, eia! Alalá!", gritaram os Compostos Eruditos, motivados por seu líder. Quando se acalmaram, Homúnculo, o Grande, retomou a palavra, mas sua voz vinha agora de trás da estante que cobria a parede oposta da biblioteca. "Senhoras e senhores, todos acompanhamos o desprezível Ptolemaîos propagandear pela televisão o seu ajuntamento consonantal. Não fomos convidados, mas fiquem certos de que estaremos lá. No momento oportuno, lhes direi como e com que propósito. Por enquanto, apenas ponham esse evento em seu horizonte. Ele marcará o auge das ações que detalharei a partir de agora. Os grupos de cooptação e agitação, que ainda não começaram a agir, podem arregaçar as mangas. Tenham sempre em mente que nossas atividades secretas não serão jamais reveladas aos que forem atraídos para a nossa causa. Aqueles que não o forem deverão ser, pelo menos, induzidos a se sublevar contra o governo, a sair às ruas. Vamos aproveitar a desordem desencadeada pela pontuação e instalar de vez um caos que faça com que a sociedade anseie ser guiada com segurança por disciplinadores iluminados. Os alvos iniciais serão: as famílias de palavras — que nos elejam como seus radicais comuns e se agrupem em torno de nós; as palavras de famílias ideológicas — que, elevadas acima de suas diferenças, encontrem um sentido comum nas ideias do nosso movimento; os grupos políticos que estejam em situação clítica — que se juntem a nós para ganhar força; os pronomes indefinidos – que tomem partido de uma vez por todas; e, finalmente, os complementos verbais – que, conquistados pela lábia de Ablativo, primo argentino de Latino, agora militando em nossas fileiras, deixem de se sentir meros complementos e ganhem autonomia e dignidade em nossa companhia. Só não descuidem nunca do exemplo de Santo Agostinho e São Jerônimo, que simplificaram sua linguagem para difundir os ensinamentos da Igreja: falem a língua da prole tarada. Quando assumirmos o poder, ela falará a nossa. Então adeus, barbarismos, solecismos e asneirismos em geral. Basta de pobremas, danem-se as próstas delatadas, chega de subir degrais por degrais!" "Eia, eia! Alalá!", gritaram os grupos de cooptação e agitação.

"Tu sabes que o sonho de Trator, teu primo, é voltar para o campo", disse Palavra-ônibus. "Sim, há muitos anos, desde que se aposentou. Mas o que isso tem a ver conosco agora?", Caminhão quis saber. "Temos aquele campo que herdaste, reservado há muito tempo para um momento de necessidade. Acho que chegou a hora. Tu e teu primo podem apoiar-se um ao outro: tu dás a ele a oportunidade de viver a velhice no lugar com que sempre sonhou, e ele te ajuda a dar um destino ao teu 'ã' e a recomeçar a vida", ela continuou. "Estou desmaiado ou apenas com dificuldade de entender?", perguntou Caminhão. "Como ele já não pode mesmo pegar no pesado, nós lhe daremos o campo em troca do 'r' de Trator. Faremos um Trato. De posse do 'r', criaremos uma rã com o 'ã' que tiraremos do teu nome. A partir de então te chamarás Caminho. Rã seguirá conosco para uma nova vida no pátio de nossa nova casa", concluiu Palavra-ônibus. Caminhão não teve tempo de pensar. Um ruído vindo do quarto onde o ponto estava fez os dois correrem para lá. Encontraram o ponto rezando, ajoelhado ao lado da cama. "Amém", ele sussurrou a certa altura, e se deitou de novo. "Tinha me esquecido de rezar", disse para Caminhão e Palavra-ônibus, antes de voltar a dormir. "Está dclirando", dissc Caminhão. "Está agradecido a Deus", disse Palavra-ônibus.

"Dirijo-me agora aos grupos de ações terroristas, todos sob a coordenação da ss, a doce Societas Sceleris* dos nossos queridos Hibridistas", voltou a falar Homúnculo, o Grande, sua voz soando lá no alto da estante, como se de repente

* Bando de criminosos; quadrilha.

tivesse escalado a parede de livros pelo outro lado. "*In hoc signo vinces*!"*, bradou Sociólogo, líder dos Hibridistas, beijando o estandarte da facção. Tal fanatismo dava a medida do ódio cultivado pelo pequeno grupo desde a condenação das formações híbridas pelos gramáticos, que incluía até ameaça de eliminação. Sentindo-se perseguidos, os hibridismos haviam se organizado e buscado abrigo entre os Compostos Eruditos. O astuto Homúnculo, o Grande, sempre os tratara como filhos que merecem atenção especial. Ganhara em troca fidelidade e devoção incondicionais daqueles que eram seus comandados mais violentos. Por isso, os Hibridistas eram invariavelmente designados para as missões mais secretas ou perigosas. "Lembrem-se: não assumiremos nunca, de forma alguma, a responsabilidade por quaisquer atos de violência. Ou o terror fica sem assinatura ou assinamos embaixo com o nome de outro grupo que queiramos incriminar. É preciso que a sociedade continue a comprar a imagem que lhe vendemos desde sempre. Portanto, nenhum descuido, nenhum gesto ou palavra a mais. A punição para o descumprimento dessa regra é do

* Com este sinal (símbolo) vencerás.

conhecimento de todos", continuou Homúnculo, o Grande, falando com severidade. "Para infundir terror na comunidade, começaremos libertando os morfemas presos no presídio de segurança máxima. E o faremos com tanta arte que os próprios morfemas não saberão nunca quem os libertou. Em meio ao pânico provocado pelas notícias dessa fuga em massa, cometeremos o primeiro atentado, cujas vítimas serão os verbos que fazem flexões aos sábados no Parque Central. A repercussão desse ato será imensa e não se dará apenas pelo prestígio das vítimas, mas principalmente pelas características delas, que são em quantidade e variedade bastantes para fornecer ao país um verdadeiro catálogo dos efeitos que a arma química que estaremos estreando é capaz de causar. De quebra, daremos início à nossa cruzada contra os arabismos e algarismos arábicos, já que realizaremos a ação de modo a fazer deles os principais suspeitos. Todos sabem das reuniões de fim de semana dos arabismos na área do parque na qual, de uns tempos para cá, os verbos passaram a fazer suas flexões. Ninguém desconhece as brigas que isso tem provocado entre os dois grupos, nem as reivindicações dos arabismos junto às autoridades para que aquele espaço seja destinado de maneira exclusiva, no mínimo prioritária, para uso deles. Segundo alegam, suas reuniões já se transformaram em tradição local e, além do mais, o belo recanto em que elas ocorrem, em meio a açucenas, alfazemas, alecrins, alcachofras, alfaces, cenouras, alcaparras e até algodoeiros e pés de alfafa, tem sido cultivado e mantido por eles. Resumindo: essa alcateia de alarifes pensa que o parque público é sua almainha, e vem lutando de maneira bem agressiva para conseguir um alvará que lhe dê plenos poderes sobre aquela porção de terra alfombrada a que todos temos direito. Não será difícil incriminá-los pelo ataque aos verbos flexionados. Conheço bem os tipos que brotam de alcovas das alcoceifas ou de alcáceres e se reúnem no parque para fazer sua algaravia, sua algazarra sem classe: o alfaiate, o alferes e sua alaroça, o almoxarife, o almofadinha, o algibebe, o alfageme, o almotacel, o almocreve, o alfarrabista, o alvanel, o alcoviteiro, o almuadem, o almorávida, o almóada e, alvos fáceis, o alquimista, o alnaíbe e o almocadém – estes dois últimos, militares experimentados. Conheço os vendedores de almôndegas e alféloas que ganham o seu empanturrando esses e outros alarves. Conheço os que se encarregam da poluição sonora do parque com seus alaúdes, alboques e tambores desafinados. Conheço até um alcaguete que nos será muito útil na hora de denunciar seus pares. E, claro, conheço os algarismos arábicos, que ficam por ali só fazendo número. Quanto a esses, mal posso esperar a hora de assumir o poder e, *mors tua vita mea*,* substituí-los definitivamente por números romanos. O caminho para essa mudança será aberto por nós, mas pavimentado pela população, que não tardará em começar a hostilizar seus supostos algozes. Sobre a arma química que faremos parecer de uso dos arabismos e dos algarismos arábicos, gostaria de manter segredo por enquanto. Acho que vocês merecem a emoção em dobro de conhecê-la ao vê-la entrar em ação." Um frêmito de excitação percorreu a audiência.

O telefone do Regente soou. Era a Rainha: "E então, inominável, alguma providência foi tomada?". Sim, não, quero dizer, não o não: sim", respondeu o Regente, nervoso. "Desordeiros vão arrepender. Determinei que todos guardas se posicionam das zonas em aglomeração. Estou atento informações desde a Inteligência: os Compostos Eruditos já preparam. São especialistas com conspirar. O Agente da Passiva

* Morte tua, vida minha.

acabou me ligar. Achamos que eles vão." "Que 'desde a Inteligência' que nada", interrompeu a Rainha, "melhor chamares a tua agência de Serviço 'desde a Burrice'. Os Compostos Eruditos são meia dúzia de professores aloprados que descem das nuvens de vez em quando para dar esmolas em latim aos pobres. Vocês estão perdendo tempo com eles. Acabo de saber pela internet que os acentos começam a se unir à pontuação. Fazes ideia de onde isso pode parar? E tem mais, o Reitardado quer reassumir o trono o quanto antes. Consegui acalmá-lo por enquanto. Mas quero que faças umas reuniões de mentirinha com ele, para que ele pense que sua volta está sendo preparada. Entendido?", ordenou a Rainha. "Não, quero dizer, sim! Antes que a senhora desligar, escute essa mensagem que eu recebesse desde cientista da universidade: 'Acabamos de descobrir uma tribo de palavras primitivas num campo semântico ainda inexplorado, situado além da área onde foram encontrados recentemente diversos pronomes fossilizados'. Pretendo que jornais todos divulgam urgente, que nós ganhando das manchetes. Vamos desviá-los o foco perante balbúrdia na pontuação!" "Seu Indiana Jones de araque, vai ver se eu estou lá na idade da pedra!", exclamou a Rainha. E desligou.

"Quando o atentado aos verbos flexionados sair das manchetes, atacaremos negritos e itálicos, para fomentar o ódio racial e a xenofobia", recomeçou Homúnculo, o Grande. "Os alvos seguintes serão grupinhos de adjetivos uniformes na saída das escolas. *Lupus ovium non curat numerum*...* Faremos a culpa recair agora sobre os pretéritos imperfeitos, que parecerão aliados dos arabismos e algarismos arábicos por estarem usando a mesma arma química. Esperaremos, uma vez mais, que a população queira fazer justiça com as próprias mãos, sinalizando o começo de um tempo em que a imperfeição não mais será tolerada. Se isso não ocorrer espontaneamente, nós daremos uma ajuda, atacando os imperfeitos como se fôssemos perfeitos ou mais-que-perfeitos. *Vae victis*!"** "Eia, eia! Alalá!", gritaram os Compostos Eruditos. "As ações acontecerão ao longo deste ano. Paralelamente a elas, estarei construindo meu nome e o dos Compostos Eruditos junto à população através de textos propositivos que escreverei e farei divulgar pelos meios de comunicação. Saibam que, à parte tudo isso, conto com uma poderosa articulação política que, por si só,

* O lobo não se preocupa com o número das ovelhas.

** Ai dos vencidos!

já me deixa a um passo do poder. Aquele régulo patético e desprezível não terá tempo sequer de sonhar com sua volta ao trono! Deixo-os agora com seus afazeres, que são muitos. Conto com vocês. E não se esqueçam: *qui non est mecum contra me est!*”* A audiência, condicionada ao ritual, conteve o entusiasmo e esperou em solene silêncio que seu líder desse o grito da batalha. “*Aera!* **”, bradou por fim Homúnculo, o Grande. Mas, antes que os seguidores lhe fizessem eco, um livro pesadíssimo despencou da última estante e veio cair com estardalhaço aos pés da culta Norma, que desmaiou de susto. Era mais uma estripulia de Luft, o Fantasminha, que assombrava a mansão de Carlos Alexandrino e se aprazia em atrapalhar as reuniões dos Compostos Eruditos.

* Quem não está comigo está contra mim.

** Ar. Grito de guerra grego. Tradução aproximada: “Ao vento!”.

DOIS

A primavera da pontuação, como definira Ptolomeu, já durava mais de um mês. O governo recuara em sua política inicial de enfrentamento, temendo perder o controle da situação, mas não fora capaz de acalmar os manifestantes por meio do diálogo. A rigor, nunca houvera diálogo, apenas duas ou três conversas que o Regente promovera mais para ganhar tempo do que para resolver a questão com civilidade, já que sempre apostara na perda de fôlego do movimento – um claro erro de análise conjuntural, pois a mobilização da pontuação era cada vez maior. Além disso, outros setores da sociedade começavam a se posicionar a favor das manifestações ou até mesmo a aderir a elas, como era o caso dos acentos afetivos e intelectuais, que, justificando as preocupações da Rainha, haviam passado a assessorar a pontuação em seus comícios e até, devido à insistência, a dirigir os discursos, cujas inflamadas sílabas aumentavam cada dia mais em intensidade, duração e altura. Ninguém estranhava o rumo dos acontecimentos, até porque todos sabiam que o Regente, além de ser inepto para o cargo, vivia apartado do povo o suficiente para não poder dirigi-lo de maneira satisfatória. O reino de Ponto Alegre ameaçava se transformar num lugar sem subordinantes nem subordinados.

O pastor Caminho sentia-se pronto para começar sua nova vida. Cada vez menos a mídia falava no acidente ou se ocupava em querer identificar seus protagonistas. Havia até quem defendesse a ideia de que o atropelamento não fora mais que uma hábil invenção do Sindiponto, o mafioso sindicado da pontuação. Mas já era fato incontestável que o movimento da pontuação não tinha líderes. Todas as tentativas de liderá-lo haviam sido rechaçadas. Nesse meio-tempo, Palavra-ônibus, além de preparar o marido para a nova atividade, alugara uma nova casa para eles, do outro lado da cidade, uma casa grande o suficiente para servir de moradia e de sede da Igreja do Caminho, cujo registro legal já fora providenciado pela operosa Palavra-ônibus. Aliás, a facilidade para abrir uma igreja a impressionara: poucas horas e alguns trocados haviam bastado. Considerando todas as vantagens posteriores, pareceu-lhe que aquele era um negócio do céu mesmo, mais que da China: quando tivessem casa e sede próprias, carro e até uma nova propriedade rural, não precisariam pagar imposto por nenhuma dessas coisas. Também estariam livres de impostos quando lhes sobrasse algum dinheirinho e quisessem fazer aplicações financeiras, ou quando fossem pagar suas contas de telefone, luz e água. Se terminassem adotando o ponto como filho e fizessem dele um pastor, ele estaria livre de prestar o serviço militar. E se Caminho viesse a ser preso um dia, sendo pastor teria direito a prisão especial. Palavra-ônibus decidira não revelar esses detalhes ao marido, temendo que ele se indignasse e desistisse de tudo. Ela também ficara incomodada com o convite à ilegalidade que aquilo representava, mas, depois de muito refletir, sentira-se segura de suas boas intenções. Com a consciência tranquila, não encontrou motivos para recuar. Um caminhão de mudanças estava parado em frente ao portão. Rã coaxava na caixa de sapatos que Caminho levava com ele. Superlativo, agitadíssimo, latia na calçada. Recuperado fisicamente, o ponto andava à vontade pela casa. Durante o tempo que passara ali, em nenhum momento manifestara desejo de sair à rua. Comportava-se como uma criança pequena, mas aparentava já estar deixando a adolescência. Psicologicamente, não parecia bem: chamava Caminho e Palavra-ônibus de pai e mãe e demonstrava não saber nada de seu passado, nem sequer o próprio nome. Quando chegou a hora de partirem, Palavra-ônibus lhe disse: "Então, pontinho querido, vamos para nossa casa nova?". O ponto, que agora ostentava uma farta cabeleira espetada, falou então algo surpreendente: "Não sou um ponto. Sou um asterisco. Vocês me adotaram sem saber disso?".

"Prezados telespectadores", surgiu Vocativo num plantão de notícias, "estamos transmitindo direto da Cavidade Laríngea, o presídio de onde, nesta madrugada, todos os morfemas presos escaparam de forma espetacular. As primeiras investigações indicam que eles teriam rompido o palato duro e escapado pelas fossas nasais, ocultos sob véus palatinos. Mas ninguém faz ideia de como isso possa ter acontecido, uma vez que este presídio sempre foi considerado inexpugnável. O senhor Anacoluto, essa figuraça, diretor da instituição prisional, vai nos falar agora sobre o acontecido." "Eu, tranquiliza-me saber que a fuga nada tem a ver com a instabilidade social provocada pelos protestos da pontuação, que são fato isolado. O desdobramento, eu não afirmaria outra coisa, e com isso concordam meus assessores diretos, não será senão o aumento do policiamento nas ruas e um maior controle dos detentos nas prisões. Os fugitivos, não há motivo para alarme, a população deve tocar sua vida normalmente, eles serão recapturados antes de poder praticar algum delito baseados em uma pretensa autonomia vocabular", declarou Anacoluto. "*Stultorum infinitus est numerus*",* disse Homúnculo, o Grande, para si mesmo, erguendo uma taça de champanhe matinal diante da televisão e soltando uma gargalhada tão sinistra que ele próprio se assustou, perdeu o equilíbrio e caiu do banquinho em que estava sentado. Para seu alívio, estava sozinho. Os Compostos Eruditos ocupavam suas posições, longe dali, preparando-se para os próximos passos. De costas no chão, as perninhas para o alto, sem ter virado uma gota sequer de champanhe, Homúnculo, o Grande, disse, bem-humorado: "*Nemo athleta sine sudoribus coronatur*".**

"Ante", disse Dante. "Até após com contra de desde em entre para per perante por sem sob sobre trás", disse o Agente da Passiva, completando a senha. A porta se abriu e ele entrou. "Evite comentários sem nexo", pediu-lhe Dante, como de costume, antes de introduzi-lo no gabinete do Regente. "Ponha", disse o Regente, quando o viu. Sem saber o que o chefe queria dizer, o Agente da Passiva pôs os

* Infinito é o número de tolos.

** Nenhum atleta é coroado sem suor.

óculos escuros sobre a escrivaninha e o casaco no encosto de uma cadeira. “Então os morfemas romperam ocultos! E os teus espiões espionando ao quê? Aposto de que estão perdendo pelo tempo tocando na gaita sobre professores em latim!”, esbravejou o Regente. “Nada pode ser provado por mim. Mas a fuga dos morfemas foi planejada e executada pelos Compostos Eruditos. Essa impressão é compartilhada por nós, eu e minha equipe”, tentou defender-se o Agente da Passiva. “Não tolero mais nisso! Há necessidade. Vou atitudes energéticas por mostrar a partir de agora”, disse o Regente, batendo na mesa e esmigalhando sem querer os óculos de seu subordinado. O Agente da Passiva nem viu, porque mantinha a cabeça baixa, controlando-se para não rir. Tampouco seu encolerizado chefe se deu conta do que acabara de fazer. “Presta na atenção: vou ordenar um pronome reflexivo que te ajude em pensar novas estratégias. Tu que te entendas nele. No contrário eu talvez mudarei o nome do Serviço ‘desde a Inteligência’ pelo Serviço ‘desde a Burrice’!” “Isso foi bem pensado pelo senhor”, fingiu concordar o Agente da Passiva, tratando de não se incomodar.

"'Pontinho' é só um modo carinhoso de falar. Podia ser 'estrelinha', por exemplo", disse Caminho, salvando Palavra-ônibus, que ficara sem palavras. "Vamos, querida, vamos asterisquinho?", propôs Caminho, em tom brincalhão. O ponto riu e disse para Palavra-ônibus: "Desculpa, mãe. Não falei a sério. Eu sei que vocês sabem quem eu sou". "Tudo bem, querido, não tem problema", ela disse, tentando disfarçar o desconcerto. Antes que embarcassem no caminhão de mudanças, o morador do lado os interpelou: "De mudança?", perguntou, menos intrigado que debochado, diante da evidência do que estavam fazendo. Fingindo não vê-lo, Caminho e o ponto trataram de subir na cabine. "Vamos atrás de novas oportunidades de trabalho. Adeus, Vizinho", disse Palavra-ônibus, tentando inutilmente despachá-lo enquanto embarcava também. Vizinho, insistente, aproximou-se da janela do caminhão. "Precisaste contratar um caminhão...", comentou, irônico. "Pois é, mudei de ramo", justificou-se Caminho. "E o jovem, eu conhecia?", perguntou, indicando o ponto com a cabeça. Lá atrás, em meio à mobília acomodada na carroceria aberta, Superlativo rosnava fortíssimo para aquele sujeito que costumava provocá-lo do outro lado do muro. "É Astral, nosso filho adotivo”, respondeu Caminho prontamente, sinalizando ao motorista que podiam ir. “A adoção é um gesto louvável neste capítulo da nossa história tão cheio de gestos condenáveis... O cabelo está na moda, rapaz. Mas não se esqueça: os pontos conseguem emprego com mais facilidade que os asteriscos”, Vizinho ainda disse, antes que o caminhão arrancasse. Quando tiveram seu primeiro momento a sós na casa nova, Caminho falou para a mulher: “Vizinho sabe a verdade”. “Claro que não”, ela disse, tentando tranquilizá-lo. “É que estamos tensos. Então tudo ganha outra dimensão. Vizinho é só um sujeito intrometido e falador.” “No mínimo ele tem uma forte desconfiança”, insistiu Caminho. “Deixa esse sujeito desagradável pra lá. Vamos pensar no futuro, nosso e do... Astral. Pensaste rápido: asterisco, estrelinha, astral. Vamos levantar o nosso Astral!”, exclamou Palavra-ônibus. Mas Caminho estava taciturno. Andou de um lado para o outro e observou: “É intrigante o que o ponto te disse antes de sairmos. E também que tenha reagido normalmente ao que falei para Vizinho, como se o nome dele fosse mesmo Astral, como se ele tivesse mesmo sido adotado por nós. O acidente deve tê-lo lesado seriamente”.

Três dias depois da fuga dos morfemas presos, as providências tomadas pelo Regente mostraram-se inúteis. Eram dez horas da manhã. No recanto do parque cultivado pelos arabismos, alguns verbos faziam suas flexões. "Vamos lá, pessoal, flexionando!", ordenou o professor. "Eu me flexiono", manifestou-se o aluno que estava logo à frente dele. "Estamos flexionadas", gritou em coro um grupo de alunas logo atrás. "Estamos flexionados também", gritou a turma de alunos ao lado delas. "Nós nos flexionamos", disse um casal. "Talvez nos flexionemos", consideraram alguns alunos preguiçosos. "Flexionar é comigo mesmo", exclamou um verbo muito animado. "Flexionar-me-ei. Ah, se ela se flexionasse...", disse um verbo ao lado da namorada que se recusava a fazer exercícios. "Hei de me flexionar", prometeu um idoso para si mesmo. "Tu já tinhas te flexionado", alertou-o outro idoso. "Tendo me flexionado, me sinto novo em folha", pensou um verbo que estava de ressaca. "Meu corpo foi flexionado por mim", refletiu um verbo estudante de filosofia. Nenhum deles percebeu quando uma discreta nuvem amarela subiu dos canteiros cultivados pelos arabismos e se espalhou rapidamente pelo lugar. Quase que instantaneamente, todos começaram a agir de modo estranho.

"Vieram lá, pessoal, flexionara-me!", ordenou o professor. "Eu me flexionem", manifestou-se o aluno logo à frente dele. "Continuávamos flexionavam-se", gritou o grupo de alunas. "Continuado flexionadas também", gritou a turma ao lado delas. "Nós nos flexionei", disse o casal. "Talvez nos flexionai", consideraram os preguiçosos. "Flexionasse é comigo mesmo", exclamou o verbo animado. "Flexioná-lo-ei. Ah, se ela se haja flexionado...", disse o verbo ao lado da namorada. "Haverá de me flexionando", prometeu-se o idoso. "Tu já terão flexionarei", tentou alertá-lo o outro idoso. "Tendo me flexionava, me sinta novo em folha", pensou o verbo de ressaca. "Meu corpo foram flexionavas por mim", pensou o estudante de filosofia. Para aumentar a alegria dos Compostos Eruditos e o espanto da população, a arma química não atingiu apenas os verbos. Duas crases que passavam por ali na hora do atentado ficaram subitamente gagas ao serem atingidas pela misteriosa substância química. "Vou a feira", disse uma delas. "E eu a a casa de mamãe", disse a outra. Igualmente afetada foi uma família de palavras, galo, galinha e pequenos galináceos, que ciscava em alegre harmonia a caminho do galinheiro e, de repente, se desintegrou: o galo pensou que a galinha era uma galáxia e teve um desmaio; a galinha, que o galo era um galho, e o ignorou; os pequenos galináceos viram-se uns aos outros como galalaus galgos por comê-los e correram para todos os lados. Uma sábia e um sabiá também seriam contabilizados entre as vítimas. A sábia lia um livro sob uma laranjeira em cuja copa cantava o sabiá. Quando a nuvem tóxica os alcançou, a sábia escalou a árvore e começou a piar entre as folhas, dando a impressão de que sabia a linguagem dos pássaros. O sabiá, por sua vez, desceu e pousou sobre o livro, dando a impressão de que sabia lê-lo.

"Prezados telespectadores", disse Vocativo, "estamos transmitindo diretamente do Parque Central, onde um estranho atentado foi perpetrado na manhã de hoje. As vítimas são verbos que têm por hábito se reunir no local aos sábados para fazer flexões. Além deles, duas crases, uma família de palavras, uma sábia e um sabiá também foram atingidos. O senhor Bilião Hipérbole, porta-voz do governo, está aqui para nos dizer o que se sabe até o momento sobre o ocorrido." "Muitíssimo boa tarde, trilhões de telespectadores", falou o entrevistado, "estamos diante da maior ameaça de todos os tempos, infinitamente mais preocupante que o maquiavélico movimento da pontuação ou a horripilante fuga dos morfemas presos. Falo de terrorismo e de uma arma química ao mesmo tempo discreta e brutal, a pior que já se viu, de poder arrasador, que, pelo que já pudemos averiguar, atua sobre o funcionamento cerebral das vítimas, impossibilitando-as para todo o sempre de exercer seus papéis corretamente, levando-as a agir de forma aleatória ou radicalmente contrária à sua natureza", declarou Bilião Hipérbole, injetando uma boa dose de pânico no telespectador. "Senhor Bilião, vamos ver se entendi: se, por exemplo, uma interjeição de animação for exposta às emanações dessa arma química, nós provavelmente a escutaremos dizer coisas do tipo 'ai!' ou 'ui!'? Ou se, ao contrário, a vítima for uma interjeição de dor nós poderemos escutá-la dizer 'eia' ou 'avante'?", perguntou Vocativo. "Sim, muito provavelmente. Mas isso não é nada. O pior é que tanto uma como a outra vão achar que estão se manifestando do modo como sempre fizeram. Digo isso baseado na observação das vítimas de hoje de manhã, que demonstraram um milhão de vezes não ter a menor consciência de seu estado. Ainda que continuem a agir do modo mais estranho de que se tem notícia, elas não conseguem entender por que estão hospitalizadas." "Elas se queixam de alguma dor ou limitação física?" "Não. Os sintomas são de irrecuperável confusão mental com dramáticos episódios de alucinação." "Há suspeitos?" "Bem, o atentado ocorreu numa área que os arabismos e números arábicos há séculos reivindicam para si; a substância amarela exalada pelo que supomos ser uma bomba mais silenciosa que o silêncio – já que não há nem sombra de relato de ter havido uma explosão no parque – cheira a almíscar e alcrevite; a alguns metros do local do atentado foram encontrados um indecifrável código em números arábicos e uma alpargata com a sola suja de um pó amarelo de odor almiscarado; e ontem à noite um arabismo conhecido por todo mundo como Alquimista foi visto nas imediações do parque. Mas a atitude mais precipitada de nossa parte seria considerar os arabismos e números arábicos os principais suspeitos do atentado. Estamos apenas no início da missão hercúlea de aprofundar ao máximo dos máximos as investigações."

"Esse Bilião vale um bilhão", disse Grego para Latino, enquanto acompanhavam a reportagem de Vocativo. Não muito longe dali, em seu gabinete, o Regente, também diante da televisão, socava a escrivaninha e esbravejava para Dante: "O Bilião falador sob a televisão! Onde o meu porta-voz oficial enfiou?". "Nem o porta-voz oficial nem seu substituto imediato enfiaram-se em lugar nenhum por vontade própria, senhor: estão doentes, acamados", explicou Dante. Em meio a gargalhadas, Latino disse para Grego: "Os bombons envenenados que enviamos para o porta-voz oficial e seu substituto são infalíveis. Os coitados devem estar morando em um vaso sanitário". "Mas logo o Bilião dizendo! Não determinei que só chamam o Bilião quando eu quis assustar a população pelo nosso interesse?", continuou o Regente. "Senhor, nunca havia acontecido de adoecerem os dois porta-vozes ao mesmo tempo. O terceiro, pela ordem, era Bilião Hipérbole. Antes que o impedíssemos de ir, ele já estava lá, dando entrevista", disse Dante. "Ele vale um bilhão, mas nós o compramos por muito menos que isso. Saiu barato, considerando o serviço que nos prestou", disse Grego. O telefone do Regente tocou. Era o Agente da Passiva, para dizer-lhe, de forma cifrada, suspeitar que Bilião Hipérbole havia sido comprado pelos Compostos Eruditos. Descontrolado, o Regente gritou algo incompreensível e desligou. O telefone do Grego tocou: "Beat it", disse Homúnculo, o Grande, do outro lado da linha, e desligou. "O chefe quer que ataquemos já um negrito", disse Grego para Latino. Latino ligou para Sociólogo: "Beat it", disse, repassando a ordem de Homúnculo, o Grande. Em menos de uma hora, um negrito foi atingido pela mesma substância amarela ao sair de casa para jogar bola com os amigos no meio da rua. O efeito da bomba silenciosa foi deixá-lo instantaneamente branco e afilado. O negrito, que já era vítima de bullying, ganhou na hora o apelido de Branquito e inúmeros safanões dos companheiros. O telefone do Regente tocou: "Inominável, deviam lançar essa bomba em ti, para ver se começavas a reger direito alguma coisa! Dois atentados num único dia! À fogueira com esses arabismos!", urrava a Rainha do outro lado da linha.

Do dia dos atentados em diante, o país entrou literalmente em polvorosa. O pó amarelo começou a vitimar também os itálicos, além dos negritos. Os dois grupos, no instinto de se preservar, passaram a reagir por antecipação a tudo o que lhes parecesse ameaçador, chegando muitas vezes a atacar sem ter sofrido ameaça alguma. Nessas ocasiões, aos olhos da opinião pública deixavam de ser vítimas para se tornar vilões, o que acabaria mergulhando o país numa onda de racismo e xenofobia. Os arabismos e números arábicos eram, cada vez mais, perseguidos pelo governo e hostilizados pela população. Mas já não eram os únicos suspeitos pelos atentados. O fato é que ninguém mais confiava em ninguém. O pior de cada cidadão parecia ter aflorado. As manifestações da pontuação, que haviam deflagrado o caos social, agora o potencializavam, na medida em que tornavam difícil, quase inviável, a prática daquilo de que a sociedade mais necessitava: o diálogo. Mas as coisas não iam mal para todos. Homúnculo, o Grande, começara com êxito a construir seu nome, publicando na imprensa e na internet textos brilhantes e acessíveis que analisavam a conjuntura político-social e apregoavam um novo sistema de governo e um novo governante, esclarecido e de pulso firme, que trouxesse paz duradoura e desenvolvimento social à nação. O fato de ninguém conhecê-lo fisicamente contribuía para que se tornasse um personagem ainda mais fascinante. Caminho e Palavra-ônibus também não tinham do que se queixar. A Igreja do Caminho, com seu lema "tanta oração sem sujeito, tanto sujeito sem oração", depois de um crescimento vertiginoso em suas primeiras semanas de atividade, ia de vento em popa. À parte o carisma de Caminho como orador e a administração eficiente de Palavra-ônibus, os tempos difíceis ajudavam a lotar de fiéis os bancos da igreja. Os sinais de prosperidade, aliás, começavam pelos próprios bancos, de sólida madeira, lustrosos, colocados em substituição às frágeis cadeiras de plástico dos primeiros cultos. No mais, tudo no templo cheirava a novo, da decoração às luminárias e aberturas. Caminho e Palavra-ônibus haviam adquirido e reformado o prédio da igreja. Em seguida, tinham feito o mesmo com um belo sobrado ao lado, onde agora moravam. Mas quem entrasse na intimidade dos dois perceberia que o bom momento por que passavam não se limitava à conquista de bens materiais. A vida em família nunca fora tão boa. O ponto revelara-se o filho que não haviam tido. Continuava com aspecto de asterisco, dizia-se um asterisco e assumira sem sombra de conflito o nome de Astral, mas não aparentava sofrer de lesão no cérebro ou de algum grave transtorno psicológico, como temia Caminho. Era afetivo com os pais adotivos e os ajudava nos trabalhos da igreja. Sua função principal era típica de um asterisco: auxiliar Caminho durante as pregações, postando-se perto dele no altar e eventualmente chamando a atenção dos fiéis para trechos ou expressões importantes da fala do pastor, passagens da pregação que o orador logo explicaria melhor. Palavra-ônibus estava presente em todos os cultos. Observava atentamente cada detalhe, com a intenção de aperfeiçoar o que não lhe parecia bem. Mas o que mais absorvia sua atenção era Astral, mesmo nos momentos em que ele ficava quieto, sentado no fundo do altar. Ela se comovia só de vê-lo feliz e bem de saúde. Amava-o de verdade.

O Rei abriu o jornal e leu um discreto anúncio: "A única saída do profundo e escuro poço em que estás leva ao alto e luminoso céu. Igreja do Caminho". Um arrepio já conhecido percorreu-lhe o corpo. Levantou-se da poltrona e foi até a mesinha de cabeceira, onde folheou seu livro favorito, *Agradecido a Deus: o pastor de almas*. Numa página marcada, lá estava a frase, quase idêntica: "A única saída do profundo e escuro poço em que eu estava levava ao alto e luminoso céu". O Rei não pensou duas vezes. Animado, apanhou no fundo do armário um dos disfarces que mantinha preparados para uma eventualidade como aquela. Escolheu o de palavra em desuso: roupa velha e desalinhada, chapéu puído, sapatos rotos; cabelos, bigode e barba grisalhos, fartos e desgrenhados. Olhando-se no espelho, pensou que nem Aposto o reconheceria. Então passou a mão no livro e conferiu no anúncio do jornal o endereço da igreja e o horário dos cultos. Haveria um dali a duas horas. Antes de escapulir pela saída secreta que ligava seus aposentos ao bosque do outro lado dos muros do Versalete, pendurou um lenço sujo no trinco da porta do quarto, pelo lado de fora. Era o sinal para que não o incomodassem. Percorreu a extensa passagem subterrânea e depois respirou o ar puro em meio às árvores com o entusiasmo de uma criança que saísse para viver uma aventura. Mas no trajeto até a igreja o entusiasmo infantil foi dando lugar em seu semblante a um ar de adulto preocupado com o que via. Seu reino pareceu-lhe sombrio como nunca. No centro, deparou com um caos de frases interrompidas, palavras acumuladas por todos os cantos. Estava nas imediações de um grande comício da pontuação. Avançou o mais que pôde na direção do palanque, mas não conseguiu se aproximar muito porque a certa altura a aglomeração de pontos formava uma massa compacta, intransponível. Mesmo assim, pôde acompanhar alguns discursos diretos, indiretos e indiretos livres. Exclamações e interrogações foram as primeiras a falar.

Conjunções coordenativas corriam pra lá e pra cá entre os oradores, mas o caos era visível também em cima do palco. As vírgulas discursavam de forma interminável. Colchetes, parênteses e travessões interrompiam as falas o tempo todo, tornando os discursos ineficazes e intoleráveis. O Regente, o Parlamento, os guardas e a Passiva eram os mais criticados e insultados. Uma voz ou outra pedia o fim da monarquia. Um ponto meio alto chegou a sugerir o nome de Homúnculo, o Grande, para presidente. O Rei ficou desolado. Mas, com a impressão de que tudo acabaria em reticências, tratou de não perder a hora do culto e se afastou dali. Chamou-lhe a atenção que, apesar do policiamento ostensivo e da tensão no ar, havia no entorno da manifestação certo clima de festa popular misturada com feira clandestina. Asteriscos vendiam pulseirinhas, faziam tatuagens em conjunções alternativas e fumavam maconha. Camelôs vendiam artigos variados e estrangeirismos sem sofrer nenhum tipo de fiscalização. Havia cacófatos jogados nas calçadas, preciosismos nas sarjetas. Falsos cognatos abordavam e enganavam os escassos turistas, vícios de linguagem acotovelavam-se pelos becos. O Rei apressou o passo. Precisava de ajuda.

A Rainha espiou o lenço sujo no trinco da porta do quarto do Rei e fez pouco caso. "Que grande coisa esse ranhento pode estar fazendo para não querer ser importunado? Deve estar tentando cortar as unhas dos pés, que nunca foi capaz de cortar sozinho. Seria um bom começo para quem quer reassumir o trono." Entrou em seu quarto e sentou-se ao computador. "Pontinhos são tão importantes quanto cocozinhos de coelho", digitou no Twitter de Penélope Bloom e na página do CVR. Depois deitou-se na cama e deu um telefonema: "Alô, meu pupuzão. Hum... Não fala assim que meu couro cabeludo se arrepia e derruba no meu piso de mármore a minha coroa cravejada de pedras preciosas. Hein? Ah, claro, quando sentares esse teu bumbum lindo no trono real, terei coroas um milhão de vezes mais valiosas do que essa. Sim, quebrarei uma por dia! Ai, meu pupuzão esbanjador. Não vejo a hora de te ver dando as ordens por aqui. Sem ti, minha vida não tem sentido. Não... Ainda não. Como vou matá-lo? Aquele Aposto está sempre por perto, prova antes cada gole d'água que ele vai beber. É capaz até de experimentar o papel higiênico antes dele. Mas vou achar um jeito, e vai ser logo. Todos os que querem o lugar daquele boboca sonham com isso. Mas o lugar já tem dono, não é, meu pupuzão?".

As irmãs Próclise, Mesóclise e Ênclise estavam sentadas no primeiro banco, bem na frente de Caminho, como de costume. Do ponto de vista dele, Próclise se sentava à esquerda e Ênclise sentava-se à direita. Mesóclise ficava entre as duas, mas sentar-se-ia no altar, se pudesse, de tão devota que era. Entre ela e Próclise sentava-se Vírgula, uma vírgula muito bonitinha, que, assim como a conjunção aditiva "e", sentada entre Mesóclise e Ênclise, trabalhava para as irmãs como dama de companhia. Vírgula parecia muito compenetrada, mas não prestava atenção nos sermões de Caminho. Seus olhos não desgrudavam de Astral, que notara isso havia muito tempo, pois também não tirava os olhos dela. Estavam apaixonados sem nunca terem trocado uma palavra. Palavra-ônibus havia percebido a paixão mútua e estimulara Astral a entabular conversa com Vírgula naquele dia, ao término do culto. Palavra-ônibus iria tentar reter as irmãs por alguns instantes, para que os dois pudessem se encontrar. Segurar as irmãs na igreja não era tarefa difícil, especialmente depois de um sermão como aquele. Caminho estava inspiradíssimo, dizendo coisas surpreendentes até para Palavra-ônibus, que costumava traçar com ele o roteiro de cada culto. A audiência estava embevecida. Especialmente o Rei, que, escorado numa coluna, já que os bancos estavam lotados, tinha dificuldade em conter a emoção. Aquilo excedia em muito as sábias palavras do livro que segurava em uma das mãos e que vinha lhe servindo de consolo e estímulo nos últimos meses. Ele às vezes notava a movimentação de Palavra-ônibus pelas laterais do altar, a forma como ela observava tudo. Num dado momento viu-a repetir com os lábios uma fala do pastor e não teve dúvidas: "É uma frase do livro. Ela deve ser Palavra-ônibus, a autora".

"O pastor costuma dar conselhos?", ouviu Caminho que alguém perguntava às suas costas. Já estava no escritório, atrás do altar, onde sempre descansava depois dos cultos. Era comum que o procurassem ali em busca de conselhos. Mas ele logo reconheceu aquela voz e pressentiu que algo desagradável estava para acontecer. "Sim", disse sem se virar, enquanto desatava o nó da gravata. "Pois eu também. E é exatamente isso que vim fazer aqui: aconselhá-lo", disse a voz em tom ameaçador. Caminho tirou a gravata e pendurou-a sem pressa, sempre sem se virar. "Engraçado, nunca me aconselhaste nada quando éramos vizinhos", disse Caminho, servindo-se de um copo d'água. "É que, como tu, naquela época eu não tinha nada a ganhar dando conselhos. Agora é diferente." Caminho enfim se virou e encarou Vizinho, perguntando-se como ele os teria encontrado. "E qual seria o conselho que eu deveria receber de meu ex-vizinho?", indagou Caminho. "Não sou um 'ex'. Estou aqui, ao teu lado. E para ficar. Meu conselho é que dês sociedade a mim nesse empreendimento lucrativo de prometer o reino dos céus aos que não têm onde cair mortos no reino de Ponto Alegre. Do contrário, essa mina de ouro vai acabar, porque tenho fotos de quando chegaste em casa trazendo o ponto atropelado no para-choque dianteiro; esse ponto agora abobado em decorrência do acidente, abobado a ponto de acreditar que é um asterisco. Aliás, parabéns pela ideia. Nem em cabeleireiro vocês precisaram gastar com ele." O Rei, que andava pela igreja em busca de Palavra-ônibus, aproximou-se do escritório e, pela expressão de Caminho, percebeu que ele estava sofrendo algum tipo de coação. Para não parecer indiscreto, afastou-se. Passou por Astral e Vírgula, que conversavam timidamente diante do altar. "Queres ser minha namorada?", propôs Astral. "Quero. Mas meu pai nunca aceitaria", ela disse. "Por quê?", ele perguntou. "É chato. Prefiro não dizer", ela tentou desconversar. "Eu não me importo", ele insistiu. Ela vacilou, mas terminou dizendo: "Ele não gosta de asteriscos. Diz que são cabeludos e sujos, que estão sempre boiando porque usam drogas. Desculpa, é puro preconceito, mas não devo ir contra o meu pai. Se eu o desrespeitar, ele nunca mais me deixará vir aqui, que é onde posso te ver".

Caminho fechou a porta do escritório. Vizinho foi muito objetivo: "Eis a minha proposta: cinquenta por cento dos ganhos. Entro na sociedade com o 'zinho'. A igreja passará a se chamar Igreja do Caminhozinho. Já eu me chamarei Vi, afinal de contas, *vi* muito bem o que tu sabes muito bem que *vi*... Cada vez que disseres meu nome, vais te lembrar disso".

O Rei localizou Palavra-ônibus no jardim, conversando com as três irmãs. Só quando elas se afastaram é que ele se aproximou. "Sem querer incomodar...", disse, muito humildemente. "À vontade", disse Palavra-ônibus, em sincera acolhida. O Rei mostrou-lhe o livro. "A senhora é a autora?" Ela fez que sim. "Suas palavras têm me ajudado muito. Obrigado. Poderia autografá-lo para mim?", o Rei pediu. "Claro", ela disse, "qual é o seu nome?" Ele não estava preparado para essa pergunta. A saída foi puxar da memória alguma palavra que seu avô falasse. "Lanfranhudo", disse por fim. Palavra-ônibus escreveu: "Amigo Lanfranhudo, acredite em si mesmo. Um abraço". E assinou. Um pouco para reforçar seu personagem, um pouco para saber mais sobre a igreja, o Rei disse: "Gostaria de vir aos cultos, mas não tenho condições de pagar o dízimo". "Não existe dízimo", ela explicou. "Não é preciso pagar coisa alguma. Há contribuições, mas são espontâneas. E saiba que, graças talvez à satisfação dos fiéis, já são muitas. Elas nos têm permitido fazer caridade e tocar obras sociais. O senhor vai gostar de saber que o sonho do meu marido é construir um retiro gratuito para aqueles que estão em desuso, com um sistema de recolhimento dos que vivem nas ruas." "Quem sabe não termino lá os meus dias, não é mesmo?", disse o Rei. "Procure pensar o contrário: que o senhor poderá começar lá os seus dias", redarguiu ela, muito ao estilo do seu livro. Nisso, Próclise, Mesóclise e Ênclise passaram apressadas com suas acompanhantes. Foi quando o Rei e Palavra-ônibus viram Astral parado na porta da igreja com lágrimas nos olhos.

Um grupinho de adjetivos uniformes vinha brincando pela calçada, na saída da escola. "Sou o aluno mais inteligente", disse um deles, provocativo. "A aluna mais inteligente sou eu", reagiu uma colega. Outro se manifestou:

"Grande coisa. A professora disse que eu sou um aluno exemplar". Uma quarta colega reagiu: "Mentira. Ela disse que sou eu a aluna exemplar". Ao passarem por debaixo de um ipê-amarelo, quem os via de longe teve a impressão de que parte das flores se esboroava sobre eles. Mas era o pó amarelo da bomba dos Compostos Eruditos, que, posta entre os galhos, os atingia depois de explodir sem emitir um som sequer, como de costume. "Sou o aluno mais inteligento, totororotototo", continuou a provocar o primeiro. "Todo mundo sabe que sou eu a aluna mais inteligenta, tatararatatata", respondeu a colega. O outro voltou a se manifestar: "Sou o aluno exemplaro, larolarolaro". E a quarta colega não se deu por vencida: "Sou eu a aluna exemplara, laralaralara".

Mesóclise empurrou o portão de ferro da mansão de Carlos Alexandrino e entrou. Estava sozinha. A música do Galego começou a soar na calçada oposta. "Bela Mesóclise lá ver-se-á", ele cantou baixinho, junto à ombreira da gaita, tratando de passar a informação ao chefe. Cornélio, o galo, não apareceu para identificar a visitante. No lugar dele surgiu o jardineiro. "Bom dia, Virgílio", saudou Mesóclise. E observou em tom de camaradagem:

"Dir-se-ia que Cornélio não quis me receber". "A senhora não sabe? Nosso fiel amigo descansa no campo-santo das mascotes. Estava doente. Deixou-nos ontem", contou Virgílio. "Coitado", lamentou Mesóclise. "Estamos todos tristes e apreensivos. Além de gostarmos dele, ele nos trazia sorte. Mau momento para morrer", disse Virgílio. Mesóclise concordou com a cabeça e fez um silêncio respeitoso. Virgílio conduziu-a até a porta da casa. Carlos Alexandrino recebeu-a e levou-a até a biblioteca. Grego e Latino a aguardavam. O assunto da morte de Cornélio veio outra vez à baila. Latino sussurrou a Mesóclise que Homúnculo, o Grande, estava muito deprimido pelo acontecido. Era supersticioso. A morte da mascote enchera-o de pensamentos negativos. Mesmo assim, o chefe estava ansioso pela visita dela, que havia um bom tempo espionava a Igreja do Caminho para os Compostos Eruditos. Fora fácil aliciá-la. Mesóclise, que se sentia desprestigiada, em vias de cair em desuso, passara a acreditar que um governo conservador dos Compostos Eruditos colocá-la-ia outra vez em evidência. Já o que eles esperavam dela era relativamente simples: que soubesse mais sobre a Igreja do Caminho, o funcionamento, as características do líder, as razões do sucesso. Aproximar-se da igreja era parte importante do projeto político de Homúnculo, o Grande. Mais que contar com o poder da igreja sobre os fiéis, interessava-lhe resgatar seu papel histórico de mantenedora de línguas, pois o cristianismo que, em seus primórdios, fortalecera o grego ao adotá-lo como língua oficial, impedindo que o latim se tornasse a língua falada no Mediterrâneo Oriental e na Grécia, preservara depois o latim clássico em suas missas e seus monastérios. Os Compostos Eruditos, portanto, associavam a própria existência à ação da igreja através dos tempos. Queriam agora levá-la de volta ao centro do poder. Publicamente, o gesto soaria como reconhecimento e retribuição. Mas, no fundo, era uma estratégia para garantir a sobrevivência do grupo. A Igreja do Caminho os atraía em particular porque dava a impressão de ter encontrado um modo certeiro de acessar corações e mentes, coisa que a igreja tradicional parecia já não saber fazer. Homúnculo, o Grande, acreditava que, abrindo a porta de uma igreja popular, abriria a porta das demais. Aquela era a escolhida.

"Contar-me-ás boas novas, mesoclítica amiga?", soou a voz de Homúnculo, o Grande, de detrás de uma das estantes de livros. Mesóclise deu um pulo da cadeira e se pôs de pé.

"Sentar-te-ás primeiro, por favor", ele acrescentou, num misto de superioridade autoritária e cavalheirismo sedutor. Ela se sentou tão rapidamente quanto se levantara. "Como já fiz em outras honrosas oportunidades, dir-te-ei o que sei, e alegrar-te-ás", falou então, autoconfiante e desejosa de contribuir para afastar da tristeza e dos maus pensamentos aquele por quem considerava conveniente ser estimada.

O Agente da Passiva, sem descuidar do rádio, através do qual o Galego poderia fazer contato a qualquer momento, agarrou um de seus sete celulares e fez uma chamada: "*Mon amour*... Como vai sendo levada a vida pela minha linda? Hum... Eu também. É rápido, só para um 'alô, doçura' ser dado por este que te adora. Sim, muito... O trabalho é tocado por mim de modo que eu seja só teu um dia. E o que vem sendo feito por aquele que tem pensamentos de que tudo seja governado por ele? Entendido, entendido. Isso precisa ser parado por ti, minha lindona. Alguma coisa necessita ser desabafada pelo teu coraçãozinho? Então um joguinho será jogado por nós: tua barriguinha é apertada por mim e verdades são ditas pela tua boquinha. Pronto, apertãozinho foi dado na barriguinha... Não, a paciência deve ser cultivada por ti nesta hora. A situação vai sendo levada por nós. O telefone será desligado por mim agora. Um 'tchauzinho' é deixado por este que te venera, minha bonequinha, minha Sabidinha da Estrela".

Mesóclise fez mais um de seus relatos minuciosos sobre a Igreja do Caminho, o pastor e sua família. Homúnculo, o Grande, mostrou-se muito interessado no amor que Astral e Vírgula nutriam um pelo outro, segundo suspeitava Mesóclise. "Como dizem os venezianos, *amor, tosse e panza no i se sconde*...",* disse Homúnculo. "Supondo uma ascendência da senhorita sobre sua dama de companhia, é tentador imaginar que possamos subir ao altar pela mão dela. Certamente Astral herdará o posto de pastor. Vamos apostar nele as nossas fichas. É jovem. Além de ter a mente ainda em estado de interesse pelo novo e de ser presa mais fácil da ambição, aprenderá o latim com mais facilidade para com ele conduzir os cultos. *Gloria in excelsis Deo*",** recitou, com a voz embargada. "Amém", disseram seus seguidores na biblioteca. "Mas o que traz

* Amor, tosse e barriga não se escondem.

** Glória a Deus nas alturas.

imediatíssima alegria a este desolado líder que acaba de perder sua mascote é ouvir o nome de Superlativo, o cão pastor do pastor, que certamente tem o querido animal por mascote de sua bem-sucedida igreja. Alexandrino, Grego e Latino, estão lembrados de que Dionísio, a Traça, anunciou--nos o porvir com um superlativo?" "Magnificentíssimo", disse Grego. "Exatamente. Pois agora a mensagem chega a seu destino: para conquistas superlativas, um Superlativo mascote! Mesoclítica Mesóclise: trar-me-ás esse cão!" Mesóclise estendeu um olhar oblíquo e atônito em direção à estante de livros. "Fa-lo-ás não só por nós", continuou Homúnculo, o Grande, tratando de convencê-la da justeza de seu ato, "mas pela própria Igreja do Caminho. *Fortuna nimium quem fovet stultum facit*.* Sei que és condicionada pelo futuro. Entende, porém, que devemos agir agora para que a sorte em demasia não acostume Astral a sempre ganhar tudo de mão beijada, o que poderia comprometer sua têmpera e sua inteligência. A única mão beijada nesta história será a tua, disciplinada companheira. Beijá-la-ei num gesto de sincero agradecimento por tua devoção à nossa

* A sorte imbeciliza aquele a quem favorece demais.

causa. "Esse Superlativo...", disse Mesóclise, arrebatada, "fa-lo-á esquecer Cornélio, o galo. Pô-lo-ei aqui sem demora. A sorte voltará a latir, quer dizer, a sorrir para o senhor."

O atentado contra os adjetivos uniformes fez os pais segurarem os filhos em casa e as instituições de ensino fecharem as portas, principalmente depois que dois pretéritos imperfeitos foram considerados os principais suspeitos do crime. Um ensinava história e o outro arqueologia; o primeiro lecionava em mais de uma escola e o segundo na universidade. Eram amigos. O professor de história chamou a atenção sobre si ao sentar-se e cruzar as pernas durante uma aula, deixando à mostra a sola dos sapatos, onde os alunos puderam ver resquícios do pó amarelo. Já o professor de arqueologia foi denunciado pela faxineira da faculdade. Ela encontrara um saco plástico com pequena quantidade do mesmo pó caído atrás da escrivaninha dele. O Regente fez um pronunciamento na televisão. Disse que não havia motivo para pânico, que os recentes acontecimentos envolvendo o misterioso pó amarelo cujos efeitos vinham sendo superestimados pela mídia não tinham nada a ver com as manifestações da pontuação, e que o serviço de inteligência do governo estava no encalço dos responsáveis por aquelas inúteis tentativas de instalar um clima de anarquia no país. Mas como, devido a sua fala arrevesada, ninguém entendeu nada do que ele disse, as interpretações catastrofistas e as boatarias ganharam espaço, fazendo com que o sentimento geral de insegurança e incerteza se aprofundasse. Os pretéritos imperfeitos tentaram fazer uma pequena manifestação de apoio a seus pares no lugar do atentado. Ali mesmo foram atacados e brutalmente surrados pelo grupo de extrema direita Adjetivos Pátrios, cujo líder era pai de uma das vítimas. A partir de então, a violência explodiu.

O aumento da insegurança nas ruas não intimidou os fiéis da Igreja do Caminho. Pelo contrário, eles aumentaram em número. Quando o Rei voltou para um novo culto, surpreendeu-se com a presença maciça de fiéis e, mais ainda, com as profundas mudanças ocorridas num curto espaço de tempo. A igreja agora se chamava Igreja do Caminhozinho. E uma espécie de feira se formara nas imediações. Algumas banquinhas vendiam circunflexos com a inscrição do novo nome da igreja. Os circunflexos serviam para cobrir as cabeças daqueles que, devido à superlotação, tivessem de acompanhar a pregação do lado de fora, expostos ao sol forte no grande pátio lateral, onde um telão e caixas de som haviam sido instalados para que a mensagem do pastor chegasse a todos. Havia também muita mendicância, coisa que o Rei não vira da primeira vez. Na escadaria de entrada, uma prótese indigente caída, um velho *ph*, um grupo de consoantes mudas anciãs e cinco jovens tremas pediam esmolas. Com a mão estendida, a prótese dizia: "Não posso me alevantar para trabalhar". O velho *ph* carregava no pescoço um pequeno cartaz em que se lia: "Ajudem este photographo, vítima de 43". As consoantes mudas anciãs pediam por meio de bilhetes escritos à mão: "sofro de asthma", "tive que abandonar o gymnasio e nunca mais pude voltar a estudar", "fui demitida de um escriptorio e não me deram mais emprego", "sofro da columna". Os jovens tremas se lamuriavam: "Somos vítimas da reforma de 2009. Desenvolvemos hérnias de disco tentando trabalhar como dois-pontos". Via-se também uma série de diminutivos desacompanhados esmolando: surdinhos, ceguinhos, esfarrapadinhos. Alguns, bem-arrumadinhos e ligeirinhos, tinham pinta de ladrõezinhos. O clima por ali lembrou ao Rei o entorno do comício da pontuação que presenciara.

Usando o mesmo disfarce de Lanfranhudo, foi se enfiando entre os substantivos coletivos e conseguiu entrar na igreja, mas ficou num lugar ruim, na lateral do altar, espremido entre dois aumentativos, um santarrão e um pecadoraço. O pastor Caminho começou sua fala tal como vinha fazendo nas últimas semanas, explicando a troca de nome da igreja. "Temos feito um grande esforço, um belo trabalho. Falo de cada um de nós aqui presentes. Estamos mais próximos de Deus, graças à vida piedosa que temos levado. Mas quanto mais perto de Deus, mais estreito e difícil se torna o caminho até Ele. O que sempre foi para nós um caminho é agora um caminhozinho pelo qual só passarão os mais puros e devotos. Vocês hão de se perguntar por que esse caminhozinho tem um... 'pedagiozinho', como se expressou o gracejador irmão Vi, ao pedir-lhes mais contribuições. É que no caminhozinho nossa responsabilidade social aumenta, nossas obras de caridade se ampliam. E é também porque ao demonstrar a Deus o nosso desapego ao dinheiro e aos bens materiais nós O deixamos muito feliz e Ele nos traz para mais perto de Si. Para que estamos aqui, afinal, senão para estar mais perto de Deus?" O santarrão e o pecadoraço levantavam os braços e louvavam: "Deus, substantivo singular!", deixando o Rei quase sem conseguir respirar. A audiência toda fazia o mesmo. Palavra-ônibus não estava presente. Sentado no fundo do altar, Astral parecia não entender o que estava acontecendo e demonstrava constrangimento. Pela porta entreaberta do escritório do pastor, o Rei viu Vi entregando pilhas de dinheiro a Palavra-valise, sua assistente.

A Rainha se aproximou do lenço sujo que o Rei deixara pendurado no trinco da porta do quarto e pingou nele uma gota do potente veneno que conservava em um frasco de vidro sem rótulo. O líquido misturou-se ao muco seco do Rei, tornando-se imperceptível. Era incolor e inodoro. A mesma quantidade do preparado vertida no solo secara um carvalho de duzentos anos. Feito isso, ela entrou em seu quarto e ligou para o Regente. "Inominável, como foi a reunião de mentirinha com o Reitardado?" "Sua Majestade mostrou desconfiado em tudo. Uma volta gloriosa no trono, eu o prometi, mas ele achando", contou o Regente, tentando alertar a Rainha de que o Rei não seria enganado tão facilmente. "Fizeste uma reunião com alguns assessores bem instruídos? Apresentaste alguma pesquisa de opinião inventada? Tens que caprichar", esbravejou a

Rainha. "Sim, não, quero dizer, quase, tudo providenciado em mim: assessores inventados com opinião instruída por, quero dizer", tentou se defender o Regente. A Rainha deu um grito de ódio e desligou.

Depois de encerrar o assunto do nome da igreja com uma oração reduzida, o pastor divagou longamente numa oração substantiva subjetiva que deixou os fiéis sem saber exatamente do que ele estava falando. Vi aproximou-se e sussurrou-lhe algo. O pastor refletiu um instante, espiou Astral de canto de olho e retomou a palavra. Discorreu então sobre quando a vida parece perder o sentido e nos desesperamos. Voltando-se para as inúmeras preposições ali presentes, disse: "Quantas de vocês me procuram por esse motivo, não é mesmo? 'Eu me sinto vazia de sentido', é o que ouço sempre. Esse sentimento, muitas vezes, nem nasce de vocês mesmas. Não é mais que uma ideia introjetada, algo que alguém sem amor no coração alardeia sobre vocês e que vocês, na ânsia de serem amadas, acabam adotando como verdade íntima, como marca pessoal. É amor que vocês querem? Então escutem o que tem a lhes dizer alguém que as ama de modo irrestrito: 'Venham *até*

Deus, venham *para* Deus, venham *por* Deus; fiquem *perante* Deus, fiquem *com* Deus, fiquem *em* Deus; não vivam *sem* Deus, não vivam *contra* Deus’. Escutaram o que Deus está dizendo *a* vocês? Escutaram o que Deus está dizendo *por* vocês? Escutaram o que Deus está dizendo *entre* vocês? O amor *de* Deus confere sentido *ao* objeto amado. E Deus está dizendo que as ama. Ouçam a voz *de* Deus e sintam quanto sentido há *em* vocês; sintam quanto sentido há *em* estar vivo. Pois a vida nada mais é que expressão do amor *de* Deus”. Algumas preposições choravam. Vi surgiu outra vez no altar, desta vez trazendo com ele um pronome pessoal. O pastor fez a Vi um sinal discreto, como se dissesse “já chega”. Mas Vi o ignorou e trouxe o pronome pessoal até ele. O pastor tomou um gole de água e ganhou fôlego. “Qual o teu nome, meu filho?”, perguntou então. “Eu”, respondeu o pronome pessoal. “Eu, o que te traz aqui?” “O diabo”, foi a resposta. Ouviram-se gritos de espanto e terror entre os fiéis. Era uma claque de interjeições contratada por Vi para a ocasião. “Eu conheço o diabo”, disse o pastor olhando para Vi, que fingiu não perceber a ironia. O santarrão e o pecadoraço abraçaram-se ao Rei, trêmulos e molhados de suor. “Se estás com o diabo, então vieste ao lugar certo, porque o diabo nada pode contra Deus. O que o diabo faz contigo, meu filho?", prosseguiu com a encenação o pastor. "Ele me deixa...", berrou o pronome pessoal, começando a babar, "possessivo!" "Oh!", gritaram as interjeições. Astral levantou-se e deixou o altar. Mesóclise, percebendo que ele ia para a rua, disse à jovem Vírgula que aquelas cenas ser-lhe-iam muito fortes, e aconselhou-a a sair um pouco. Quando Vírgula se levantasse, Mesóclise indicar-lhe-ia Astral com a cabeça, colocar-lhe-ia no bolso uma foto que fizera dele durante um culto e piscar-lhe-ia o olho. O pastor colocou a mão sobre a cabeça do pronome já possessivo e ordenou: "Eu, fala comigo". "Eu agora é Meu", urrou o pronome possessivo com a voz grave e rouca, babando sempre. "Então és tu mesmo, diabo..." "Sim, o diabo em pessoa." "Eu te conheço, tu és um nada metido a besta. Deixa esse pobre pronome pessoal e vem para mim. Vamos ver se podes com Deus." "Nem pensar. Daqui não saio. Aqui sou Meu. Jamais serei Seu. Seu... Teu, pastor, ou de Deus? Conheço a armadilha. Ambiguidade não é comigo. Sou Meu e pronto!" Ansioso por acabar logo com aquilo, o pastor começou a ficar irritado com a representação do ator e olhou para Vi. Achando que já estava de bom tamanho, Vi deu um peteleco na orelha do pronome, que, entendendo o recado, se atirou no chão e agarrou-se aos pés do pastor. O pastor levantou os braços e gritou: "Ô, Meu, dá o fora!". A essa altura a audiência estava toda em pé, aterrorizada, tentando ver o pronome jogado no altar. A agitação do santarrão e do pecadoraço era tanta que o Rei quase teve barba e cabelos arrancados. O pastor mandou o pronome se levantar e deu-lhe com um pesado livro de orações na cabeça, olhando firmemente para Vi. "Como é teu nome, meu filho?", voltou a perguntar. "Eu", respondeu o pronome pessoal, tentando se equilibrar. "Deus, substantivo singular!", louvaram os fiéis.

"Velho disfarce de neologismo: capa, peruca, bigodes e lentes", cantou o Galego na ombreira da gaita, relatando ao chefe a chegada de uma misteriosa criatura à quinta de Carlos Alexandrino. Era mais um convidado a cruzar o portão para a reunião daquele dia. O Agente da Passiva ficava louco para invadir a casa, prender os Compostos Eruditos e desmascarar Homúnculo, o Grande. Mas o Regente – mais preocupado em preservar a boa relação com Carlos Alexandrino, influente parlamentar, que em preservar os direitos dos cidadãos – o proibira terminantemente de fazer isso enquanto não tivesse ao menos uma prova consistente contra os acusados. Aquele encontro seria importante, sem dúvida. O Galego já perdera a conta de quantos haviam entrado. Mas seu chefe, não. O Agente da Passiva sabia que os de sempre já estavam lá dentro, o número fechava. Só o convidado misterioso era novo no pedaço. Que viesse disfarçado de neologismo era um deboche, atitude típica da mente criminosa que se julga intocável. "Um substantivo feminino abstrato espião será enviado por mim para aí. É a discrição em estado puro. O caperucabigolente será seguido por ela após a reunião. Nada será notado por ele", disse o Agente da Passiva para o Galego. Enquanto isso, na biblioteca da mansão, os Compostos Eruditos cercavam o convidado, ansiosos por conhecer sua identidade. Carlos Alexandrino acomodou-o numa cadeira de espaldar alto e pediu aos outros que se sentassem. Fez-se silêncio. "*Unus pro multis*",* soou a voz de Homúnculo, o Grande. Todos tinham os olhos postos no convidado. Grego e Latino passavam o monóculo um para o outro incessantemente. "Vocês representam os muitos. Nosso magnificentíssimo

* Um por muitos.

convidado é o um. Olhem bem para ele, acariciem-no com o olhar, homenageando-o antecipadamente pelo que irá fazer por vocês. Quando ele se revelar, arregalem os olhos até estourarem, que ainda assim não poderão abarcar toda a grandeza que terão diante de si." Homúnculo, o Grande, silenciou e o convidado começou a tirar o disfarce. Primeiro a capa, depois a peruca, o bigode e, por fim, o par de lentes azuis. Era miúdo e de expressão delicada. Ninguém ali o conhecia, exceto Sociólogo, que o cooptara havia muito tempo. "Amigos, apresento-lhes Vladimir, nosso encontro consonantal-bomba." Silêncio profundo. "Eia, eia!", gritou Sociólogo. "Alalá!", responderam os Compostos Eruditos. Quando a agitação acalmou, Homúnculo, o Grande, retomou a palavra: "Estão lembrados de quando lhes disse que não havíamos sido convidados para o Encontro Consonantal, mas que lá estaríamos presentes? Estou prestes a cumprir minha promessa. Estaremos lá. Não fisicamente, mas em espírito, representados por esta solidária *animula vagula blandula*".* Vladimir acenou na direção da voz de Homúnculo, o Grande. "Por isso, olhem bem para

* Almazinha mutável e meiga.

Vladimir. É a primeira e derradeira vez que o veem como é. Ele sairá da vida para entrar na *nossa* história. Seu sacrifício fará com que o mundo preste atenção no que acontece em Ponto Alegre. O convidado, Ditongo, é o nosso alvo. A partir deste episódio, as grandes nações, lideradas pela maior dentre elas, cujo presidente Negrito já está atento ao que vem acontecendo com seus semelhantes por aqui, irão se somar aos que já clamam por uma mudança de regime em nosso país. O patético régulo não terá como resistir. Nossa hora terá chegado." "Eia, eia! Alalá!", gritaram os Compostos Eruditos. "As convicções de Vladimir são fortes. Não pensem que ele pode desistir ou nos trair. Gostaria que meus guerreiros o escutassem, nobre Vladimir. Fale sobre o que o motiva", pediu Homúnculo, o Grande. "Num país com tradição de receber bem o imigrante, nunca cheguei a ser completamente aceito. Até a minha turma me abandonou. Se eu me chamasse Flávio, por exemplo, tudo seria diferente. Mas o que sou hoje? Um encontro consonantal tachado de improdutivo, um vagabundo à força, um pária, solitário como o último animal de uma espécie em extinção. Posso desaparecer, mas levarei alguém comigo. Se possível, alguns encontros consonantais. Isso é tudo", disse Vladimir secamente. Quando a reunião acabou, o Galego viu todos os Compostos Eruditos deixarem a quinta em pequenos grupos ou sozinhos, menos o misterioso convidado. O substantivo feminino abstrato espião não teve a quem seguir. O Agente da Passiva concluiu que a mansão de Carlos Alexandrino dispunha de uma saída secreta.

Ao final do culto, aproveitando-se da confusão causada pela saída dos fiéis e da parede formada pelo santarrão e pelo pecadoraço, que se abraçavam efusivamente, o Rei esgueirou-se para dentro do escritório do pastor Caminho e se escondeu atrás de um cortinado. Não demorou muito para que o pastor aparecesse e, sentando-se em uma poltrona, começasse a chorar. Logo chegaram Vi e Palavra-valise, ela, abarrotada de dinheiro. "Chorando de alegria?", perguntou Vi, com ironia. "Pra mim chega", disse Caminho. "Ora, que alma pura. Quanto pudor", continuou Vi. "Infelizmente minha alma já não é pura. Mas não pretendo enlameá-la mais. Quero pagar por meus pecados", disse Caminho. "Mas o que é isso? Então resolveste assumir mesmo o personagem? Acreditas nessa baboseira toda? A adoração desses idiotas por ti te fez perder a noção da realidade. A fama te subiu à cabeça, como se diz. Achas por acaso que Deus consideraria esta espelunca moral a Sua casa? Achas que, para Ele, a Igreja do Caminho era melhor que a do Caminhozinho? Francamente... São apenas nomes diferentes para a mesma falcatrua. Nossos passaportes já estão carimbados para o inferno há muito tempo. Só nos resta tirar o suco desta vida. Se caíste no teu próprio conto do bom pastor, pelo menos procura pensar positivamente. Experimenta acreditar que sou um enviado de Deus, que estou aqui por merecimento teu. Afinal de contas, ganhaste um sócio que triplicou o teu faturamento. Uma bênção!"

"Nem minha mulher nem meu filho estão aqui comigo. Não estou ganhando nada, só perdendo", queixou-se Caminho.

"Teu filho... Passaste a acreditar nisso também?", disse Vi, tirando uma foto do bolso e jogando-a no colo do pastor. A foto mostrava o ponto preso ao para-choque dianteiro de Caminhão no dia do atropelamento. Caminho olhou-a com serenidade e disse: "Ele sobreviveu. Cuidamos dele. Demos a ele amor e um lar. É nosso filho agora". "Vamos pôr o ponto no *i*", reagiu Vi: "Ele, *por sorte*, sobreviveu. Vocês o esconderam para se proteger da pontuação revoltada e da Justiça. Cuidaram dele, mas não puderam impedir que se tornasse um ponto abobado que pensa ser um asterisco filho de um Caminhão com uma Palavra-ônibus. Vocês deram amor e um lar a alguém que vitimaram porque foi essa a única alternativa que tiveram. Algum mérito nisso?". Caminho não recuou. "Pensa o que quiseres. Já não me importa", disse, levantando-se e saindo. "Não preciso pensar. Já está pensado. Vou apenas agir", disse Vi em alto tom, ameaçador. E saiu atrás com sua assistente.

Sob o pretexto de procurar a jovem Vírgula, Mesóclise foi até a casa do pastor. Bateu na porta e habilmente induziu Palavra-ônibus a convidá-la a entrar. Superlativo dormitava no tapete num canto da sala. Conversa vai, conversa vem, Mesóclise chegou ao que lhe interessava: "Pobre Superlativo. Está abatidíssimo. Encantar-me-ia levá-lo para passear. Ele gosta?". O som da palavra "passear" fez com que o cachorro desse um pulo e fosse buscar a coleira. "Ih, arrumamos um problema", disse Palavra-ônibus, "ele não pode ouvir a palavra 'passear'." "Mas não é nenhum problema", disse Mesóclise, dissimulada, "falei com sinceridade. Tenho a tarde livre. Uma voltinha, nada mais." Ao saírem, Rã, que caçava insetos debaixo das hortênsias, seguiu Superlativo, de quem era inseparável nas explorações do pátio e do jardim. Mesóclise avistou as irmãs com as damas de companhia e foi até elas. "Levá-lo-ei para um passeio. A santa Palavra-ônibus está tão sobrecarregada... Ver-nos-emos mais tarde. Tudo bem, minha querida?", perguntou para Vírgula, piscando o olho. A jovem, sem jeito, fez que sim. Mesóclise ganhou a rua e se foi com o cachorro. Rã pulava atrás, tratando de não ser pisoteada pela multidão de fiéis que ainda se dispersava. "Bela Mesóclise, lá ver-se-á. Traz um cachorro e uma rã a pular", cantou o Galego para seu chefe, ao ver que o trio se aproximava da quinta de Carlos Alexandrino. Quando Mesóclise abriu o portão e fez menção de entrar, Superlativo, farejando algo suspeito, resistiu e puxou a coleira. Nesse movimento, uma medalhinha que trazia sempre no pescoço se soltou e caiu na calçada. A resistência acabou quando Virgílio apareceu com um suculento pedaço de carne. Mesóclise entregou então o cachorro ao jardineiro e se foi. Rã ficou olhando o amigo ser levado para o interior da mansão. Depois abocanhou a medalhinha caída e voltou para casa.

A Rainha espiou a porta dos aposentos do Rei e viu que o lenço envenenado já não estava no trinco. Entusiasmada, correu até lá e chamou por ele. Como não houve resposta, deu três batidas na porta e abriu-a devagar. O marido estava estirado na cama, vestindo apenas um roupão. Ela tocou-lhe o ombro, sacudiu-o levemente, mas ele não esboçou reação. Contendo a euforia, ela sentou-se numa cadeira, a certa distância. E passou a admirá-lo no estado em que havia muito desejava vê-lo: morto. Deparando com a própria imagem no espelho, começou a ensaiar as expressões que lhe conviria usar durante o velório. Levantou-se. Testou uma atitude para o enterro, algo que demonstrasse ao mesmo tempo sofrimento e sofisticação. Quando entreabriu os lábios para praticar as respostas que daria aos votos de pêsames, alguém bateu na porta. Esfregou bem os olhos, deixando-os vermelhos; escabelou-se um pouco. Para que o desespero em seu rosto fosse convincente, imaginou o amante envenenado no lugar do Rei. Só então abriu a porta. Era Aposto, que, ao vê-la naquele estado lamentável, perguntou: “A senhora já sabe?”. Ela colocou a mão no peito e simulou um desmaio, tendo o cuidado de jogar-se sobre o tapete felpudo. Aposto apressou-se em colocar uma almofada sob a cabeça dela. Ela soltou alguns gemidos. "Vamos sentir falta dele, não é? Sempre me deu muito trabalho segui-lo por toda parte, mas eu o amava", choramingou Aposto. "Eu o amava mais que a mim mesma", disse a Rainha. Aposto achou que ela estava exagerando um pouco, mas mesmo assim se comoveu e deixou a emoção falar mais alto: "Ele era teimoso, não gostava de tomar banho... Mas sabia ser um verdadeiro amigo". A Rainha achou que o serviçal estava se excedendo, tomando muitas intimidades. Mas, em parte, teve de concordar: "Sim, era teimoso e fedia". Aposto desandou num choro convulso e a Rainha achou que seria de bom-tom acompanhá-lo. Exclamaram-se até que um grito os calou: "Eu estou morto, droga, me deixem descansar. Que choradeira é essa?". Aposto e a Rainha olharam-se, petrificados. Aposto pôs-se de pé num salto. Sentado na cama, coçando a barriga, o Rei esperava uma explicação. "Senhor meu soberano, líder dos líderes, perdão por importuná-lo em tão nobres aposentos, mas achei que devia avisá-lo: seu querido dálmata morreu." O Rei se levantou, passou por cima da Rainha e, de roupão mesmo, deixou o quarto correndo. Aposto foi atrás. A Rainha então entendeu o que se passara: "Aquele estúpido devorador de perucas vomitadas não resistiu a um bom lenço cheio de ranho crocante”, pensou. E, aproveitando que já estava com a cabeça na almofada, desmaiou pra valer.

“Prezados telespectadores”, disse Vocativo. “Estamos diante do Pontocentro, onde começa o tão aguardado I Encontro Consonantal de Ponto Alegre. O auditório já está quase lotado, mas, como vocês podem ver nas imagens, ainda é grande a afluência de participantes para o local. Mostra-se acertada a decisão dos organizadores de insistir na realização do evento, mesmo com toda a instabilidade política e social que o país atravessa, pois, além do sucesso de público, o clima por aqui é de confraternização e civilidade. Ainda assim, há certa tensão no ar, pois está prevista para hoje uma grande passeata da pontuação, que deverá percorrer várias ruas nas imediações do Pontocentro e seguir em direção ao Parlamento, a duas quadras daqui, onde o Regente se reúne com os deputados. Essa importante reunião talvez tenha levado vândalos a pichar durante a noite as paredes do Pontocentro com os dizeres: ‘Viva a regência do período’. É o caso de nos perguntarmos qual seria o motivo de tal pichação. Trata-se de apoio ao Regente ou, ao contrário, pela inadequação do lugar e da ocasião, de uma tentativa de jogar a opinião pública contra ele?” Enquanto, para alegria da SS, responsável pelas pichações, a televisão mostrava as paredes externas do centro de convenções, lá dentro as atividades do encontro tinham início com a apresentação do grupo Cordas Vocais, de violões e vozes, responsável pelo show de abertura, seguido de um coral de mil vogais intrusivas, conforme divulgado por Ptolomeu quando do debate na TV. A audiência era enorme e bastante organizada. Às surdas haviam sido reservadas as primeiras filas de cadeiras. As sonoras sentavam-se dali para trás. As líquidas laterais estavam acomodadas nas laterais; as não-laterais, no mezanino. As vibrantes múltiplas espalhavam-se estrategicamente por todo o recinto, de modo a poder animar o grupo inteiro, especialmente diante de palestrantes tediosos. Quando as plosivas se manifestavam com muito barulho, as fricativas faziam “ssss”. Mas o tom geral era ameno, com a relação entre os presentes mostrando-se harmoniosa, como no caso dos encontros consonantais majoritários, com “r” na segunda posição, alguns vestindo brusas do Framengo, que se relacionavam respeitosamente com os minoritários, com “l” na segunda posição, mesmo quando tocavam frauta neles. Até alguns dígrafos, membros do movimento Malho, determinados a aproveitar a oportunidade para malhar o sistema – que consideravam injusto por lhes impor funções meramente gráficas e sem transcendência – e reivindicar ingresso na categoria dos encontros consonantais, estavam tranquilos, desfrutando o evento. No palco, as consoantes oradoras mostravam-se muito articuladas. Mas o conferencista mais aguardado era mesmo Ditongo, que já chegara e esperava em um camarim a hora de se apresentar. Seu discurso iminente despertara o interesse da mídia internacional. Apostava-se que falaria alguma coisa sobre o ato institucional de número 5, o doloroso "AI-5", que decretara em seu país antes de viajar para Ponto Alegre e sobre o qual ainda não se manifestara. O mundo temia que Ditongo se revelasse apenas mais um ditador na triste história de tiranias da República do Tongo. Ptolomeu estava chateado com essa mancha inesperada na imagem de seu convidado. Já Homúnculo, o Grande, estava exultante: "*Audaces Fortuna iuvat*[*], não é mesmo, afortunadíssimo *kýon*?"[**], disse ele para Superlativo, que, amordaçado e preso pela coleira a uma coluna, apenas rosnou de volta.

* A sorte ajuda os audazes.

** Cão.

"Algum sinal do Superlativo?", perguntou Caminho para Palavra-ônibus. "Nenhum", ela respondeu. "Mesóclise... Não acredito nela. O Superlativo não fugiria desse jeito", disse Caminho. "Também perdi a confiança nela. Mas no momento estou preocupada é contigo. Andas tão triste e calado. E está na cara que não é só pelo desaparecimento do Superlativo. O que aconteceu?" "Não sei como te contar... Rompi com Vi. Não posso continuar com essa farsa. Ele vai me denunciar. É o fim", ele disse. "Eu já imaginava. Fizeste bem. Tenho orgulho de ti", disse Palavra-ônibus. "Pior do que perder o que conquistamos e, quem sabe, minha liberdade, será perder Astral. Ele não vai me perdoar." "Ele vai te perdoar, sim. É bom de coração e inteligente. E, mais do que isso: te ama", tentou consolá-lo a mulher. Visivelmente comovido, Caminho sinalizou que queria ficar só e foi para o jardim, onde se sentou no muro baixo que fazia limite com a calçada. Ao vê-lo, Rã abocanhou a medalhinha do amigo Superlativo, que guardara sob as hortênsias, e foi até ele. Num pulo, parou sobre o muro. "Oi, Rã", disse Caminho, sem lhe dar muita atenção. Rã então pulou em seu colo. Só assim Caminho percebeu que ela carregava a medalhinha na boca. "Onde encontraste isso?", perguntou. Sem soltar a medalhinha, Rã pulou para a calçada, avançou alguns metros e se virou para Caminho. Ele entendeu na hora que deveria segui-la.

Vocativo estava dividido entre esperar pela passeata da pontuação e entrar logo no Pontocentro, para não perder o começo da fala de Ditongo. O ponto eletrônico o mantinha informado do que acontecia lá dentro. Ditongo ainda não fora anunciado, quando um rumor da pontuação em marcha se fez ouvir. Vocativo e Indicativo correram até a esquina onde os manifestantes iam passar e se posicionaram. A alguns metros dali, no estacionamento aberto do Pontocentro, dentro de um Puma cinza-metálico, Vladimir cuidava dos últimos preparativos para o atentado que poderia mudar a história do país. Parecia tudo certo, a fiação, o detonador, os pacotes de pó amarelo espalhados por seu corpo franzino. Ele só teria que entrar no local, aproximar-se de Ditongo e... Mas faltava uma coisa: o ingresso. Onde o buscra? "Prezados telespectadores, numa demonstração de bom senso da pontuação, que, como de outras vezes, se organizou por meio das redes sociais, o percurso definido para a passeata não inclui as ruas onde está situado o Pontocentro, que, neste momento, reúne grande público, além de profissionais dos meios de comunicação de vários países. Os manifestantes passarão a uma quadra de distância, em mais uma prova de que se trata de um movimento pacífico. Contudo, ciente de estar lidando com grupos exaltados, sem liderança e, por isso mesmo, imprevisíveis, a autoridade policial tratou de não deixar o Pontocentro desguarnecido, enviando para cá um número significativo de guardas, principalmente guarda-pós – os mais treinados para enfrentar o tipo de bomba usado nos recentes atentados terroristas. Aparentemente são poucos, mas é porque, segundo as autoridades, houve o cuidado de posicioná-los com discrição, de modo a não assustar visitantes e jornalistas estrangeiros – informação bem diferente da que temos sobre a proteção da área em torno do Parlamento, aqui ao lado, onde os manifestantes deverão ser recebidos por um ostensivo e intimidador contingente de guarda-livros. E lá vêm eles, telespectadores! É uma multidão que impressiona. Histórico, senhoras e senhores!", exclamava Vocativo. "Ditongo foi anunciado. Vem", chamou o ponto eletrônico. Vocativo e Indicativo transmitiram um pouco mais da aproximação da passeata e se deslocaram para o Pontocentro. Nervoso por não conseguir localizar o ingresso, Vladimir começou a vasculhar o interior do carro e a própria roupa de forma atabalhoada e terminou por acionar a bomba acidentalmente. O Puma estremeceu e, num piscar de olhos, teve os vidros das janelas tingidos de amarelo. Vocativo e Indicativo, que passavam por ali, estranharam aquilo e pararam para ver o que estava acontecendo. “Indicativo, grava isso”, disse Vocativo para o câmera. “Boa tarde, Ponto Alegre”, soou a voz de Ditongo no auditório. Uma das portas do Puma se abriu e surgiu Vladimir, correndo, de braços abertos, em meio a uma nuvem amarela. “Ei, amigos, sou eu, o Fladimir!”, gritava o terrorista, avançando na direção da entrada do Pontocentro. A nuvem tóxica continuou a sair do interior do Puma, mas, na ausência de vento, foi caindo e se depositando ali mesmo, sobre os carros estacionados. Num gesto de coragem, Vocativo e Indicativo seguiram Vladimir, de quem todos se afastavam com medo de se intoxicar. Até os seguranças que guardavam a porta do auditório fugiram ao vê-lo. Vladimir entrou livremente no recinto lotado, sempre correndo, de braços abertos, gritando: “Sou eu, amigos, o Fla, Fladimir!”. Foi um deus nos acuda. A visão daquele louco, amarelo até por dentro dos olhos, desencadeou uma histeria coletiva. Todos queriam deixar o lugar ao mesmo tempo. As fricativas, soando descontroladas, causaram a impressão de mil rastilhos de pólvora sendo acesos. As plosivas fizeram tanto barulho que pareciam um bombardeio em série. As vibrantes múltiplas desencadearam um tremor que fez vibrar poltronas e lustres. As líquidas laterais escapuliam pelas laterais; as não-laterais, pelos tubos de ventilação do teto. Era como se o atentado estivesse ocorrendo naquele exato instante. As surdas foram as últimas a perceber o que se passava. Algumas delas trataram de fugir pelo palco, no que atropelaram Ditongo e sua comitiva. Ptolomeu ajudou o convidado internacional a se levantar, explicou-lhe o porquê de tanto pânico e o fez sair em segurança. Vocativo foi derrubado e perdeu o microfone, mas Indicativo conseguiu transmitir tudo ao vivo, inclusive o momento em que um poeta bigodudo polonês tirou o terrorista de combate atingindo-o com um objeto direto na cabeça.

"Lá vem a rã outra vez à mansão. Vem logo atrás um sujeito grandão. Ela não para e atravessa o portão. Fica o sujeito plantado no chão", cantou o Galego na ombreira da gaita. Diante do portão de Carlos Alexandrino, Caminho não sabia o que fazer. Rã invadira uma propriedade que ele não conhecia. Sem nunca parar de pular, segurando firme a medalhinha, ela se dirigia agora para o imponente casarão que havia lá dentro, em meio a muitas árvores. Caminho já não tinha dúvidas de que localizara o paradeiro de seu cachorro. Mas o lugar parecia não ter uma viva alma. No portão não havia campainha, nem corda que acionasse um sino ou algum outro instrumento com que pudesse se anunciar. Caminho então bateu palmas e aguardou. Em vão. Impaciente, meteu a mão no trinco e, para sua surpresa, o pesado portão se abriu. Mesmo temendo deparar com um cão furioso, resolveu entrar. Avançou com cautela, devagar. Alguns metros adiante Virgílio o surpreendeu, saindo de trás de um arbusto. "O que deseja?", perguntou o jardineiro. "Procuro meu cachorro, que atende pelo nome de...", tentou explicar-se Caminho. "Não há nenhum cachorro aqui", disse Virgílio, interrompendo-o. "Pensei que ele poderia estar no parque, que é tão grande", argumentou Caminho. "Acabo de percorrê-lo de ponta a ponta", contou Virgílio, "e não vi nenhum cachorro." "Talvez esteja dentro da casa", insistiu Caminho. "Impossível, senhor. Nada entra nesta propriedade sem que eu tome conhecimento." Caminho refletiu um pouco e voltou à carga: "Desculpe-me, mas tenho informações seguras de que o animal está aqui. Gostaria de falar com o dono da casa, se o senhor não se importa". "Não faz diferença eu me importar ou não. Superlativo não está aqui e não pretendo importunar meu... patrão com...", Virgílio foi parando de falar, ao se dar conta de que acabara de pronunciar o nome do cachorro. Caminho apenas fitou-o em silêncio. "Meu patrão é muito solitário. Afeiçoou-se ao cachorro, que supunha abandonado", tentou explicar-se Virgílio, continuando a mentir. "É um animal bem tratado para não ter quem cuide dele. Além do mais, não traz o nome na coleira", disse Caminho, desmascarando-o. Foi a vez de Virgílio se calar. "O senhor me desculpe", disse por fim. "Espere um minuto, por favor. Vou ver se meu patrão pode recebê-lo agora."

O desastrado, carente e amarelo Vladimir estava estatelado no chão do auditório, imóvel. O atentado fracassara, mas a multidão histérica, que abandonava o lugar do jeito que podia, parecia determinada a transformá-lo num sucesso maior que o previsto por Homúnculo, o Grande. Na rua, a pontuação, num grande improviso coletivo, ainda que não surpreendente de todo, dobrara a esquina, em vez de seguir em frente, e marchava agora diante dos portões do

Pontocentro. Os guarda-pós, desmobilizados por causa do atentado, tentavam inutilmente fazer recuar os manifestantes. E foi assim que aconteceu o primeiro encontro consonantal com a pontuação de Ponto Alegre: quando plosivas, vibrantes e sua turma barulhenta brotaram do centro de convenções, foi como se uma barragem tivesse se rompido. Nem toda a pontuação do mundo faria aquela horda de alucinadas parar. "Estamos sendo atacadas!", tiveram tempo de gritar algumas exclamações, antes de ser levadas por uma pororoca de líquidas laterais e não-laterais. O batalhão de consoantes, reforçado pelas vogais intrusivas, avançou de forma arrasadora passeata adentro. A pontuação, ignorando o real motivo do que lhe parecia ser mesmo um ataque, começou a reagir com violência, batendo em tudo que se movesse em sua direção. Já os participantes do Encontro, diante da presença maciça da pontuação e de sua agressividade, não tiveram dificuldade em associá-la ao atentado, responsabilizando-a por ele. Com isso, partiram para enfrentá-la como a um exército inimigo. Em minutos instalou-se a maior briga de rua da história de Ponto Alegre. Vocativo e Indicativo documentavam tudo. O país parou para acompanhar pela televisão cenas de barbárie nunca antes vistas. A pancadaria estendeu-se por várias quadras, chegando rapidamente ao Parlamento, onde os guarda-livros deixaram seus postos e passaram a bater nos contendores indiscriminadamente. Alguns deputados saíram para tentar acalmar os ânimos e acabaram entrando na briga também. Foi tanto zás-trás nos quarteirões em guerra e tanto zum-zum pelo reino afora, graças ao boato de que a turba estava descontrolada daquele jeito pela ação do pó amarelo, que onomatopeias, como que atendendo a um chamamento, saíram dos esgotos e... chomsky, começaram a comer o que viam pela frente.

Carlos Alexandrino, Grego, Latino, Sociólogo, Mesóclise e a culta Norma estavam reunidos na biblioteca, diante da televisão, acompanhando e comemorando a tragédia das ruas. Grego estava particularmente feliz, pois fora dele, tempos antes, a ideia de soltar as onomatopeias, ainda em estado larvar, nos subterrâneos de Ponto Alegre. Quando Virgílio veio com a notícia de que Caminho estava lá fora, que já sabia do cachorro e que não havia a menor possibilidade de mandá-lo embora, Mesóclise se escondeu na sala ao lado, garrafas de champanhe e taças foram recolhidas às pressas e todos começaram a representar. Fizeram-se sérios, pesarosos, seguindo um roteiro para o qual estavam bem preparados. "Neste dia de dor, abençoai-nos, pastor", saudou Carlos Alexandrino, quando Caminho entrou na biblioteca. "Dia de dor? A que o senhor se refere?", perguntou Caminho, que não sabia o que estava acontecendo. Grego tomou a palavra: "É a tal primavera da pontuação anunciando um inverno: cometeram um atentado no Pontocentro e agora agridem consoantes, vogais, o que quer que lhes apareça pela frente, até deputados – se bem que a maioria destes merece mesmo uma sova. Estamos chocados com a situação do país". Caminho esqueceu-se de Superlativo por uns instantes e parou diante da televisão. O sentimento de culpa pelo drama que vivia a pontuação nunca deixara de oprimi-lo. Diante daquelas imagens, ficou arrasado. Preocupada com a súbita palidez do pastor, a culta Norma ofereceu-lhe um copo d'água e fez com que se sentasse. Latino desligou a televisão, tocado pelo que lhe pareceu uma brutal manifestação de piedade por parte daquele sujeito. Sociólogo continha o riso. "Obrigado. Já me sinto melhor. Desculpem-me, são cenas muito tristes", disse Caminho. "Não se desculpe", disse Grego, "nós é que lhe devemos desculpas. Seu cachorro, Superlativo, como já sabe, está conosco. Veio dar à nossa porta, sedento e faminto. Demos-lhe guarida. Ignorávamos sua identidade. Mas não tínhamos dúvida de que teria um dono, e estava em nossos planos devolvê-lo à sua casa. Até que ontem passou por aqui uma senhora de nome Mesóclise, indagando por um cachorro perdido, chamado Superlativo, com tais e tais características, cujo dono, segundo ela, era o pastor da Igreja do Caminho. O jardineiro, atendendo cegamente aos anseios de privacidade da residência aristocrática que o emprega e supondo, talvez, que o patrão desejasse ficar com o animal, ao qual se apegara, precipitou-se em dizer à senhora que o cão não estava aqui, no que errou. Mas dizem que Deus escreve certo por linhas tortas. Recentemente considerávamos a possibilidade de entrar em contato com o senhor e sua igreja. Imagine então nossa surpresa ao ouvir do jardineiro o seu nome. Tanta coincidência pareceu-nos um sinal dos céus. Sem querer ser herege, sentimo-nos abençoados." "É bom ser prudente. O diabo escreve torto por linhas certas... Mas o senhor é o dono da casa? Fala sempre no plural, como se representasse um grupo. A quem se refere exatamente?", indagou Caminho. "Perdão, nem sequer me apresentei. Meu nome é Grego. O dono da casa é este senhor, Carlos Alexandrino. Os outros amigos aqui presentes são a culta senhora Norma e os senhores Latino e Sociólogo. Falo no plural porque fazemos parte de um clube científico e literário, Compostos Eruditos, que também se dedica às causas sociais, ao assistencialismo. Costumamos nos reunir aqui há muitos anos, acolhidos pelo generoso Carlos Alexandrino, por isso sinto-me tão à vontade ao falar deste lugar." "E por que pretendiam entrar em contato comigo?" "Quanto a isso, prefiro que nosso líder lhe explique as razões", disse Grego, pedindo aos outros que se sentassem também. Caminho, que se virou para a porta da biblioteca, convencido de que o tal líder entraria por ela, teve um sobressalto quando a voz de Homúnculo, o Grande, soou por trás dos livros: "Caminho... *Nomen omen*".*

A televisão e o ti-ti-ti fizeram a batalha transcender os quarteirões do Parlamento e do Pontocentro e se disseminar pela cidade e pelo país. E não eram só os protagonistas e seus pares que se enfrentavam. Todo mundo parecia

* O nome é um presságio.

ter um bom motivo para entrar na briga. Ruas, escolas, restaurantes, bancos, hospitais, não existia lugar onde não houvesse alguém se engalfinhando. Bum, plaft, pum, soc, ploft, ai, pou, zum, bang, pléin, bah, plac, dum, plunct, bong, plec, ploc, ah, baruuum, uh, bif, zapt, ui, bam, rá, tóin, prec, clanc, grom, humpf, zip, paf, clung, vapt, vupt. Estavam todos tão cegos de ódio que não viam a extensão do perigo representado pelas onomatopeias. E elas... saussure, saussure, saussure, arrastavam-se de modo sub-reptício para... chomsky, chomsky, chomsky devorar o banquete que lhes era servido involuntariamente. O Regente tinha consciência do risco de extinção coletiva que rondava brigões e falastrões, e tentou avisá-los, discursando de um megafone do alto da escadaria do Parlamento. Mas sua fala, por culpa das circunstâncias, foi tão mais caótica que de costume que uma onomatopeia o engoliu como se fosse o último pitéu. As palavras finais dele, que ficariam associadas para sempre à sua memória, foram: "Em perante agora". Para o Rei, aquela situação-limite apresentou-se como um ultimato para que reassumisse suas funções. E Sua Majestade não se intimidou. Em pungente pronunciamento à nação, desculpou-se, com voz firme, por haver sido fraco e mesquinho, por haver permitido que questões pessoais tomassem, em seu espírito, o lugar das grandes questões nacionais. Mas garantiu, convincente, que a escuridão profunda das horas ruins o havia ensinado a reconhecer e a alcançar a mais alta luz, tornando-o forte e determinado na missão de comandar aquela grande nação que, dos pontos aos arabismos, pertencia a todos os que nela viviam e a amavam. No final da fala, dirigiu-se a Elipse, super-heroína que vivia isolada em um deserto distante e, por causa de seus grandes poderes, que, não raro, davam cabo até das vítimas que pretendia salvar, só entrava em ação em casos de extrema necessidade. O Rei lançou-lhe um apelo desesperado para que viesse apagar as onomatopeias e aproveitou para alertar os súditos: "Evitem as zonas conflagradas para não correr o risco de ser apagados também". Boa parte da população não o viu nem ouviu, porque estava justamente brigando ou sendo comida. Quanto a Elipse, só quando entrasse em ação seria possível ter certeza de que recebera a mensagem do Rei.

A Rainha acompanhou o pronunciamento do Rei pela internet e teve a mesma impressão de todos os que o haviam escutado: ele falava sério. Ela teria de mudar de estratégia. Com o marido alerta, não poderia mais conspirar contra ele estando os dois sob o mesmo teto. Como primeira providência, tratou de limpar o computador das provas que pudessem incriminá-la, mas antes de deletar os passos de Penélope Bloom, simulou a trágica morte do personagem por uma onomatopeia na página do CVR e no Twitter, onde postou: "Pfff uma onomatop :~() bleargh". Ao ouvir os passos do marido, saiu para o corredor e tentou conversar com ele, adulá-lo de alguma maneira, o que não era fácil, pois perdera o costume. Mas ele não a deixou falar. Sem nem mesmo parar ou olhar para ela, apenas recomendou-lhe que não deixasse o Palácio e trancou-se em seus aposentos, depois de colocar um lenço novo e limpo no trinco da porta. A Rainha pôde então vislumbrar o tamanho das dificuldades que teria pela frente. Voltou para o quarto e foi sua vez de exigir privacidade, pendurando um espartilho do lado de fora. Se o Rei tinha sua saída secreta, a Rainha também tinha a sua. Nenhum sabia da do outro. Ela abriu o fundo falso de um dos armários e tirou de lá um disfarce. Vestiu-se de bisesdrúxula, envergando um arranjo de roupas sobrepostas e pesada maquiagem. "Oculta-te-me", disse depois, diante do espelho, exultante ao descobrir-se irreconhecível até para si mesma. Simultaneamente o Rei vestia-se de Lanfranhudo para ir à Igreja do Caminho. Sua intenção era tentar esclarecer o que escutara na discussão entre Vi e o pastor. Ia em busca de novos elementos que lhe permitissem formar uma opinião justa e sólida sobre o tema. Se para isso fosse necessário esconder-se uma vez mais, não hesitaria em fazê-lo. Torcia para que Palavra-ônibus e Caminho não fossem culpados pelo atropelamento do ponto, pela ocultação dos fatos ou pelo estado mental atual da vítima. Tudo porque desejava ter Palavra-ônibus a seu lado, a partir de agora, como conselheira real. Já a intenção da Rainha era encontrar o amante e discutir com ele uma nova estratégia para tomar o poder. Saíram os dois ao mesmo tempo. Os respectivos caminhos subterrâneos os deixaram em pontos diferentes e distantes entre si, nos arredores do Versalete, mas não impediram que se cruzassem numa esquina pouco movimentada do centro da cidade. Não se reconheceram. O Rei, não resistindo ao impulso de uma educação que poderia tê-lo traído e revelado sua identidade, dirigiu à patética criatura uma cortesia, tocando a aba do chapéu empenado e inclinando a cabeça; a Rainha, sem resistir ao impulso de uma grosseria que também poderia tê-la denunciado, cuspiu no chão, em resposta àquele esmolambento insolente. O Rei seguiu para a igreja, onde mais um culto começava. Ela andou até uma casinha discreta, de porta e janela, da qual tinha a chave.

Diante da estupefação de Caminho, Grego lhe fez um sinal de que devia responder à saudação de Homúnculo, o Grande. "Boa tarde, senhor. Desculpe-me por não saber seu nome, nem entender o que acaba de dizer", falou Caminho. "Chamam-me Homúnculo, o Grande, e o que lhe falei, em latim, versa precisamente sobre o nome: *nomen omen*, ou 'o nome é um presságio'. Referia-me a seu nome, Caminho, e a tudo o que ele pressagia: avanço, crescimento, superação, futuro. Dentre as muitas alegrias que nos trouxe Superlativo desde que aqui chegou, uma das maiores foi colocar-nos no caminho do grande Caminho, que move multidões. Nós, os Compostos Eruditos, alimentamos planos grandiosos para o futuro de nosso país e ambicionamos ter o senhor do nosso lado. Para o bem do povo e da língua, a Igreja precisa reaver seu poder de outrora. O poder... É lá que queremos colocá-lo." "Talvez os senhores tenham se equivocado ao me escolher para colaborador. Lamento decepcioná-los, mas não sou um caminho genuíno, nem me interesso pelo poder. E, pior para seus planos: nossa igreja está com os dias contados. Agora mesmo, se meu filho Astral não assumiu minhas funções em caráter emergencial, nossas portas já estão fechadas", abriu-se Caminho. "*Sancta simplicitas*!* Diante da sua sinceridade, minha intuição se agiganta. Devo confessar-lhe que, no fundo, eu já esperava por uma reação desse tipo. Aposto o meu latim como seu filho comanda o culto neste exato momento, e que o faz com brilhantismo!", disse Homúnculo, o Grande. "Sua intuição pode estar certa outra vez", disse Caminho. "Minha mulher, que não sabe onde estou, não decepcionaria os fiéis e convocaria Astral para a missão, pois sabe que ele tem condições de enfrentá-la." "Nem mesmo Astral sabe onde o senhor está?", perguntou Homúnculo, o Grande. "Além de mim mesmo, só os senhores e uma rã sabem onde estou", revelou Caminho, ingenuamente. Fez-se silêncio. Grego e os outros se olharam. Os olhos de Sociólogo se acenderam. "Ah, o latim", disse Homúnculo, o Grande, mudando de assunto, "um jovem pode aprendê-lo com rapidez. Imagine Astral dirigindo-se

* Santa simplicidade!

aos fiéis em latim, sua voz soando pela igreja como a voz do próprio Deus." "A voz de Deus só pode soar dentro de nós", reagiu Caminho, com aspereza. "E acho que o senhor não entendeu: nossa igreja não vai durar muito. Astral tomará seu próprio caminho, que não necessariamente é o de tornar-se um pastor." "E como ele está encarando o fim da Igreja?", perguntou Homúnculo, o Grande. "Ele ainda não sabe disso", respondeu Caminho. Fez-se silêncio outra vez. "Melhor que não saiba, não é mesmo?", disse Homúnculo, o Grande, com ironia. Sociólogo se levantou e deixou a biblioteca. "Agora, os senhores me desculpem, mas preciso ir. Obrigado por terem cuidado do meu cachorro. Onde está ele?", perguntou Caminho. "Está aqui comigo. O senhor já o verá. Deixe-nos antes fazer uma consulta ao nosso oráculo", pediu Homúnculo, o Grande. De imediato, a culta Norma colocou sobre a mesinha de centro, diante de Caminho, o velho livro em que vivia Dionísio, a Traça. Abriu-o e folheou-o com desvelo até localizar a palavra que estava prestes a ser comida. Quando Caminho viu a atarefada traça, apanhou-a e esmigalhou-a sem que a culta Norma ou qualquer um dos outros tivesse tempo de detê-lo. "Que traça miserável! Viram o que estava fazendo com esse belo livro?", ainda disse, mostrando a todos os restos do inseto entre os dedos, certo de que acabava de realizar uma boa ação. Passado o estado de choque inicial, que imobilizou e calou o grupo e seu supersticioso líder por um longo instante, a culta Norma desmaiou, os outros se levantaram e Homúnculo, o Grande, berrou com voz distorcida – o que indicava que ela se projetava através de alto-falantes: "*Tota erras via*!"*. Antes que Caminho percebesse que cometera um grave erro, Sociólogo atacou-o pelas costas e o pôs para dormir com um lenço embebido em heterônimos etílicos.

A igreja estava abarrotada. O Rei foi um dos últimos a conseguir entrar. Naquele dia, para evitar a exposição dos fiéis a brigas e onomatopeias, não haveria transmissão do culto pelo telão ao ar livre. Através dos alto-falantes, Palavra-ônibus recomendava aos que haviam ficado do lado de fora que evitassem andar a sós e seguissem adjuntos para casa. Muitos se desesperaram, como foi o caso de um verbo defectivo que viera de longe em busca de um milagre pelas mãos de Caminho: "Estou condenado a falir. Se falo, ou não me

* Erras completamente o caminho!

escutam ou pensam obscenidades. Preciso de ajuda, deixem-me entrar!”, gritava. Alguns novos-pobres, surgidos com o fim abrupto do programa social Emprego da Primeira Pessoa, alegando não ter dinheiro para o ônibus da volta, reuniram-se na escadaria da igreja e decidiram correr o risco de esperar pelo fim do culto para pedir ajuda ao pastor ou aos fiéis. Enquanto isso, lá dentro, um Astral visivelmente desapontado pela ausência de sua amada Vírgula – das irmãs, apenas Próclise e Ênclise estavam presentes – anunciava que o pastor Caminho precisara fazer uma viagem de urgência e o deixara com a missão de conduzir o culto. Houve grande agitação na assembleia. A desculpa da viagem não soara convincente, deixando no ar uma forte suspeita de que o pastor estaria ausente por motivos mais graves. Além disso, era a primeira vez que Astral, a quem todos estavam acostumados a ver no altar como assistente do pastor, assumiria o lugar do pai. Não que houvesse um receio coletivo de ter de enfrentar um sermão ruim. Ao contrário, o receio era pelo próprio Astral, que era querido por todos. Ninguém gostaria de vê-lo fracassar. No entanto, como previra Homúnculo, o Grande, o jovem teve um desempenho brilhante. Palavra-ônibus o vinha preparando de tal maneira que ele já possuía todas as condições para encarar um desafio como aquele. O Rei logo percebeu que a conselheira que desejava para si estava por trás do desempenho de Astral, e sentiu-se ainda mais seguro de sua escolha. Astral recebera, de fato, excelente orientação, mas seu talento e sua maturidade eram evidentes. Em sua fala, abordou com sutileza temas difíceis como o erro, o amor, a vida e a morte. Sem entrar em detalhes, fez uma enigmática confissão que tocou a todos. Disse que seu maior erro fora, um dia, ter desejado a morte. Mas que fora salvo pelo amor de Palavra-ônibus e Caminho, graças a quem aprendera a desejar a vida. Durante o sermão, o Rei foi se deslocando discretamente entre os fiéis, de modo que, quando o culto acabou e todos começaram a sair, estava na porta do escritório do pastor, onde, mais uma vez, entrou sem ser notado. Escondendo-se de novo atrás do cortinado, esperou que a sorte continuasse a favorecê-lo. Sem demora, Astral e Palavra-ônibus entraram e se fecharam ali. Depois de um silêncio prolongado, que o Rei imaginou sustentado por uma intensa troca de olhares, Astral falou: "Sim, eu errei e persisti no erro. Coisa do diabo, como se diz. Sei muito bem quem sou. Minha cabeça está melhor do que jamais foi. Sou um ponto final, não um asterisco. Desejei a morte quando pensas que a desejei: no dia em que me joguei diante de Caminhão. Nunca perdi os sentidos. No impulso incontrolável de sobreviver, agarrei-me ao para-choque e me deixei levar. Ao chegar à casa de vocês, fingi estar desacordado. Depois, deitado na cama de um quarto acolhedor, continuei a representar. Entendi que vocês desejavam um filho. E não resisti à tentação de ser o filho desejado. Havia perdido meus pais. Perambulava sozinho por aí fazia muito tempo. Não tinha família nem amigos. Quando vim do interior para a capital, não queria mais viver. Vocês me fizeram querer o contrário. Minha estratégia foi fingir. Fingi ao te confundir com minha mãe, fingi ao chamar Caminhão de pai. Fingi ao rezar ajoelhado ao lado da cama, pois havia escutado a conversa de vocês sobre criar uma igreja. Queria continuar na nova vida de vocês, queria que nós três nos salvássemos. Quando fingi pensar ser um asterisco, foi com a intenção de dar a ideia a vocês. Era o disfarce perfeito para mim. Deu certo. Ganhei até um nome engraçado. Acho os asteriscos engraçados. Não me custou nada fingir ser um deles. Até que conheci Vírgula. Tu sabes o que quero dizer. Para ficar com ela preciso voltar a ser um ponto. Não posso mais representar. Ao mesmo tempo, tudo mudou por aqui. Nenhum de vocês me contou, mas sei o que Vi fez e imagino o que pode vir a fazer. De repente estamos todos em situação de risco. Mas acho que se eu assumir publicamente quem sou e o que fiz, vocês poderão ficar livres de culpa. O que eu tiver de pagar, perante a lei, eu pagarei. Só espero que vocês me perdoem e saibam que meu amor por vocês não é fingimento". Palavra-ônibus começou a chorar. Mas, antes que pudesse dizer alguma coisa, bateram na porta com insistência.

A Rainha entrou naquela casinha modesta como se chegasse à própria casa, mas não permaneceu nela, atravessou-a, depois de abrir uma passagem secreta na parede da cozinha, passagem que a levou à casa vizinha, onde também não parou, tendo seguido com passo firme até um pequeno pátio em cujo centro um antigo poço ocultava outra passagem, desta vez subterrânea e muito extensa, que a conduziu a uma porta estreita que se abriu para um quarto de casal ricamente mobiliado, cadeiras estofadas, penteadeira, cômoda, cama com dossel e um roupeiro de amplas portas espelhadas que ela abriu em busca de uma fantasia erótica com termos acessórios que dessem realce ao seu adjunto adverbial, valorizassem suas orações reduzidas e salientassem seus verbos abundantes.

O Agente da Passiva estava atrás de Vi quando Astral abriu a porta. "O pastor deu no pé?", perguntou Vi. "Não sabemos onde ele está. Estamos preocupados. E a culpa é tua", disse Palavra-ônibus, sem parar de chorar. Substantivo, cheio de grau, Vi entrou na sala e anunciou: "Este senhor é da polícia. Está a par de tudo. Veio buscar os responsáveis pelo atropelamento dessa pobre criatura cabeluda e pela consequente baderna, que levou nosso país ao caos". "Não sou uma pobre criatura", disse Astral. Vi tirou do bolso do casaco uma tesoura, entregou-a a Astral e o desafiou: "Toma, jovem enfermo, corta esses espetos chamados cabelos e verás a criatura de que estou falando". Antes que Astral dissesse alguma coisa, Vírgula irrompeu no escritório, trazida pelo pai, sujeito simples que o chapéu de cangaceiro e o facão na cintura tornavam assustador. "Meu nome é Virgulino. Quero falar com o senhor Caminho", ele se apresentou, ostentando em uma das mãos a foto de Astral que Mesóclise dera a Vírgula. Astral então nada disse, apenas começou a cortar o cabelo olhando nos olhos da amada. Foi observado por todos em silêncio. Ao final, diante da emocionada Vírgula e de seu espantado pai, disse: "Podem me chamar de Ponto. Nunca duvidei do que sou. Ponto final”. “Então estão todos envolvidos!”, disse Vi, olhando para o Agente da Passiva, que se dirigiu ao centro da sala e falou: “Que muita calma seja tida pelos presentes. Tudo será devidamente investigado pela minha equipe. A senhora Palavra-ônibus e o senhor Ponto serão conduzidos por mim até a sede da polícia. A presença do líder do grupo, o senhor Caminho, será aguardada por nós. Em último caso, será procurado e preso por meus agentes”. “Não haverá investigação nenhuma. Ninguém será levado para a polícia. E nenhum líder será procurado e preso por teus agentes, simplesmente porque não há líder de coisa alguma. O senhor está tratando com uma família, não com uma quadrilha”, disse o Rei, saindo de trás das cortinas. “Quem é o valentão mal-amanhado?”, perguntou Vi. “Senhor Lanfranhudo?!”, surpreendeu-se Palavra-ônibus. “Deve ser guarda-costas do Caminho. Prenda-o com os outros”, apelou Vi para o Agente da Passiva. Cauteloso, o Agente da Passiva deu a Lanfranhudo a oportunidade de se explicar: “Que pormenores dessa história são conhecidos pelo senhor para que tais afirmações sejam feitas?”. Sem dizer uma só palavra, o Rei removeu a peruca desgrenhada, o bigode e a enorme barba postiça. “Majestade!”, exclamou o Agente da Passiva, atônito, ajoelhando-se diante do Rei. Virgulino tirou o chapéu de cangaceiro e ajoelhou-se com os demais. Apenas Vi ficou em pé, paralisado, incapaz de acreditar no que estava vendo. "Levantem-se. Não temos tempo a perder. Meu bom Agente da Passiva, testemunharei em favor dessa família. Agora temos de localizar o pastor Caminho. Ele pode estar em perigo. Antes disso, prenda esse sujeito que deveria se chamar Vil e não Vi", ordenou o Rei. Mas ele mal terminou de falar, e Vi já deixava a igreja. "Deixe-o ir. Não irá longe", disse o Rei, sem imaginar que o fugitivo iria tão perto. Depois de roubar o cavalo de Virgulino, Vi se foi a galope, rindo e botando a desaforada língua para fora, pocotó, pocotó, pocotó, ha, ha, ha, ha, brrrlll, pocotó, pocotó, pocotó, até que... chomsky, uma onomatopeia o engoliu com cavalo e tudo, antes que dobrasse a esquina. "Onde a senhora pensa que pode estar o pastor?", perguntou o Rei a Palavra-ônibus. "Já me passou tanta coisa pela cabeça... A única que me recuso a aceitar é que meu marido tenha atentado contra a própria vida. Ele não faria isso conosco, por mais deprimido que estivesse. Imagino que tenha ido atrás de Superlativo, nosso cão desaparecido. Mas por que desapareceria também? E, agora, até nossa rã, que nunca sai de casa, sumiu. Talvez haja uma causa única por trás dos três desaparecimentos, embora isso não faça muito sentido", depôs Palavra-ônibus. "A palavra 'rã' foi dita pela senhora?", perguntou o Agente da Passiva. "Sim", respondeu Palavra-ônibus, "falei que nossa rã também desapareceu." O Agente da Passiva logo associou o relato de Palavra-ônibus aos do Galego, que vira uma rã por duas vezes na residência de Carlos Alexandrino, uma delas com Mesóclise e um cachorro e outra com um sujeito corpulento, descrição que fechava com a do pastor. "Então o paradeiro de todos é conhecido por mim. Se for autorizado por meu Rei que o local do cativeiro seja invadido, o senhor Caminho, seu cachorro Superlativo e sua rã, sequestrados pelos Compostos Eruditos, serão resgatados pela Passiva", disse o Agente da Passiva, eufórico. "Vou contigo. Autorizarei pessoalmente a invasão", disse o Rei. "Nós também vamos", disse Palavra-ônibus, ao lado de Ponto. "Nós também", bradou Virgulino, ao lado da filha, erguendo o facão. "Mas atenção: estaremos sós. Não há tempo para mobilizar reforços. O contingente de guardas está inteiro nas ruas, atendendo emergências", alertou o Rei. "Ao lado do nosso Rei, desconhecemos o medo", disse Palavra-ônibus.

A Rainha experimentou a fantasia de subordinada proverbial, mas achou que estava um pouco batida. Depois provou a de sínquise, mas lembrou-se de que o amante já andava cansado de violentas inversões de posições. Vestiu-se de rima pobre e chegou a ensaiar uma fala sedutora: "Abaixo o desamor, pra cima com o amor". Mas, na dúvida, terminou optando por um clássico: a roupa de freira, que poucas vezes usara. Devidamente paramentada, abriu devagar a outra porta do quarto e, espiando a ampla peça contígua, gemeu em tom de oração: "O senhor esteja comigo...". A peça era pouco iluminada. E como ninguém respondesse, ela temeu que o amante não estivesse. Até que a voz dele soou inconfundível: "... *amens amansque*".* A excitação da Rainha fez o hábito tremer de cima a baixo. A porta abriu-se inteira e ela entrou, movendo-se como supunha que o faria uma religiosa lúbrica e dizendo coisinhas provocantes, do tipo: "Quem é que vai botar o hífen na justaposição?". Ao que o amante replicou: "Oh, ânsia do amor, fazei-nos queimar etapas, levai-nos direto à aglutinação! Formemos um Raimúnculo!". Correram os dois um em direção ao outro, e

* Louco e apaixonado.

Homúnculo, o Grande, pulou no colo da Rainha como um bebê com a barba por fazer. "Pu-pu-pu", ela fez, "me chama de bilabial." E ele lhe deu uma bicota estalada. Nisso, com os olhos já acostumados à penumbra do ambiente, a Rainha viu Caminho pendurado junto ao teto, amordaçado e amarrado a uma cadeira que pendia de cabos esticados por roldanas, e perguntou com indignação: "Quem é esse intrometido?". "É um pastor. Contratei-o para figurar em nosso amor temático", disse Homúnculo, o Grande, rindo e acendendo mais luzes. "Mentira. Diz a verdade", ela insistiu. "É um pastor, sim, mas a verdade já não importa. Dentro de instantes nem ele mesmo saberá quem é. Ou melhor: dentro de instantes ele pensará ser outra coisa que não o que é agora. O imenso reservatório debaixo dele está aberto e cheio de um lindo pó amarelo. Imagina se esse homem de Deus ganha uma mente criminosa inversamente proporcional à sua atual mente piedosa e se dispõe a trabalhar para mim... Será um pastor dos diabos!" "E esse cão asqueroso?", perguntou a Rainha, ao deparar com Superlativo, preso pela coleira e igualmente amordaçado. "É um pastor também, minha santinha. Chama-se Superlativo, e só não vai para o tanque com o ex-dono porque agora é minha mascote. Já me trouxe muita sorte." "Cães... Odeio!", protestou a Rainha. "A gente se livra de um e logo aparece outro. Achas que ele te trouxe sorte, é? E o que me dizes da volta do Reitardado, anunciada à nação há pouco, pelo próprio, cheio de moral, amparado no direito divino de apelar a Super Elipse? Parece até que os protestos da pontuação e os atentados não eram o que faltava para o *teu* projeto de poder, mas para o *dele*." Homúnculo, o Grande, emudeceu. A tentativa de aliciamento e posterior prisão de Caminho tinham desviado a atenção dele e do grupo da biblioteca dos recentes acontecimentos. "Me põe no chão", disse Homúnculo, o Grande, para a amante, os olhos postos no prisioneiro.

O Agente da Passiva, o Rei, Palavra-ônibus, Ponto, Vírgula e Virgulino chegaram em silêncio à quinta de Carlos Alexandrino, tratando de não chamar a atenção nem dos Compostos Eruditos, nem das onomatopeias. "Um engraçado com cinco comparsas", cantou Galego na ombreira da gaita. "É esperado por mim que o engraçado não seja eu, seu idiota", xingou o Agente da Passiva, falando baixinho no rádio. "A mansão será invadida por nós agora." O Galego ficou tão desconcertado com a gafe que cantou em sua língua materna: "Xa non está máis aquí quen falou!". O Agente da Passiva abriu o portão e os seis entraram furtivamente. Por mais cuidado que tivessem, não passariam despercebidos por Virgílio. Ele reconheceu o Rei de longe – sem barba, bigode e cabelos postiços, mas vestindo ainda a roupa de Lanfranhudo – e correu para avisar Carlos Alexandrino e os outros. "O Rei acaba de invadir a propriedade. Está disfarçado de pobretão, mas pude reconhecê-lo. Há outros com ele; devem ser policiais de elite, todos disfarçados também, de ponto, de vírgula; tem até um de Lampião, com chapéu de cangaceiro e tudo." "Deve haver mais policiais na retaguarda", disse Sociólogo. "Vamos escapar pela passagem dos fundos", disse Grego. "Perfeito. Deixamos nosso automóvel em posição estratégica. Caberemos todos", completou Latino. "Todos naquela lata velha?", disse Sociólogo. "É melhor do que correr a pé", argumentou Grego. Mesóclise, que já saíra do esconderijo, começou a ficar histérica: "Aprisionar-me-ão, aprisionar-me-ão!", gritou. "Calar-te-ás, isso sim, boca-aberta", ameaçou Sociólogo. "E o que faremos com a culta Norma?", perguntou Latino. "Deixá-la-emos, deixá-la-emos!", berrou a incontrolável Mesóclise. "Sim", disse Grego, "ela é um peso e continua em estado de choque. Não podemos carregá-la." "O líder chamarei, comecem a correr", ordenou Carlos Alexandrino. Homúnculo, o Grande, ouviu o interfone quando Carlos Alexandrino o chamou, mas estava tão possesso e empenhado em executar Caminho que não lhe deu atenção. "Os paspalhos devem ter ligado a televisão e agora têm pressa em me contar sobre as bravatas reais. Incompetentes. Demoraram a me trazer a notícia? Pois que esperem por mim. Tenho coisas mais urgentes a tratar. É chegada a hora de dar à luz meu novo assistente. *Vae victis*!", disse, apontando para Caminho. "Vamos recebê-lo com um brinde", disse a Rainha, abrindo uma garrafa de champanhe. Carlos Alexandrino, diante da falta de resposta do chefe, imaginou que ele já teria fugido e foi atrás dos outros, que se evadiam pelos fundos da casa.

Quando o Rei e seu grupo entraram na mansão, ela parecia deserta. Na biblioteca encontraram a culta Norma estirada no sofá, falando coisas numa sintaxe tão torta que a coitada desmaiaria de novo se chegasse a ter consciência do que dizia. O Agente da Passiva correu até ela e sussurrou-lhe ao ouvido: "A minha bonequinha será acordada por mim, a minha Sabidinha da Estrela". Ele havia se tornado amante da culta Norma com a intenção de obter informações sobre Homúnculo, o Grande, mas terminara se apaixonando por ela, que se revelara, apesar do porte e da pose, apenas uma criatura frágil e ingênua habilmente manipulada pelos Compostos Eruditos. "Devem ter escapado pelos fundos", disse Ponto, vindo de lá, "há uma porta escancarada." "Ninguém no andar de cima", gritou Virgulino, descendo a escada. "Devem ter fugido de improviso. Não teriam levado um prisioneiro. O pastor pode estar por perto", raciocinou o Rei. Ouviu-se então um forte rumor no alto das estantes. Todos se viraram. A culta Norma soltou um grito de terror. Era Luft, o Fantasminha, que entrava em ação. Livros começaram a voar em todas as direções, mal dando ao grupo tempo de se proteger. Coleções inteiras, volumes enormes, raridades, velhos papiros, nada seria poupado enquanto as prateleiras não estivessem nuas, revelando um sistema de alto-falantes que subia quase até o teto e, no recuo de uma das paredes, uma escada íngreme que levava ao subsolo. Homúnculo, o Grande, no começo assustado, depois furioso com o estrondo sobre sua cabeça, afastou-se da alavanca do mecanismo que desceria Caminho ao fundo do tanque e passou a mão no microfone que usava para se comunicar com a biblioteca. "O que está acontecendo aí em cima? Algum lançamento de poesia concreta? Será que eu não posso ter um só minuto de paz?", gritou, quase estourando os alto--falantes. O Rei subiu na montanha de livros que se formara e ordenou aos outros que o seguissem pela escada recém--descoberta. Entraram no esconderijo sem dificuldade nem alarde. Homúnculo, o Grande, preparava-se outra vez para colocar em movimento o sistema de roldanas que mantinha Caminho suspenso. A Rainha segurava uma bandeja com três taças de champanhe. A perplexidade de uns diante dos outros foi enorme, deixando todos mudos, paralisados. Apenas o choro apertado e agudo de Superlativo se fazia ouvir.

Duas quadras para lá dos muros da propriedade de Carlos Alexandrino, em frente à casinha que camuflava a saída da passagem secreta, o automóvel de Grego e Latino, sem sair do lugar, soltava estampidos ao ser acelerado: houaiss, houaiss, pó, pó, pó, pó, bum, houaiss, pó, pó, pó, bum, bum. "Dá um tempo", disse Grego para Latino, "melhor não forçar." E o motor foi desligado. Antes que Latino tentasse dar a partida novamente, um som poderoso fez o automóvel estremecer: saussure, saussure, saussure... E a maior de todas as onomatopeias vistas até então apareceu na esquina, atendendo com atraso àquele apetitoso chamamento. Foi a vez de os fugitivos ficarem imóveis e no mais profundo silêncio. Saussure... saussure... saussure... Desprovido de olhos, o monstro se deslocava à frente deles de forma aleatória, dando pequenas paradas, à espera de um som qualquer que denunciasse a presença e localização de sua presa. Saussure... saussure... saussure... Sociólogo mantinha Mesóclise segura e com a boca tapada à força. Porém, quando a cabeça do monstro passou sobre eles e de sua bocarra caiu o equivalente a um balde de saliva sobre o para-brisa do automóvel, Mesóclise tornou-se incontrolável. Nhéééc, fez a porta traseira que ela abriu aos gritos: "Comer-nos-áááááááá! Aaaaaaaah!". Os outros nem tiveram tempo de abrir suas portas ou de gritar. A terrível onomatopeia só não pôde ser considerada a única executora do primeiro escalão dos Compostos Eruditos porque, no momento em que ela abocanhou o automóvel e seus ocupantes, Super Elipse surgiu e a apagou junto com suas vítimas. O apelo do Rei surtira efeito. A super-heroína de Ponto Alegre começava a agir.

Se Homúnculo, o Grande, fizesse ideia de quão perdido estava, teria se entregado. Mas o isolamento do poder, como se sabe, costuma apartar os poderosos da realidade. Nem mesmo a traição da amante seria capaz de fazê-lo recuar. “Querido”, disse a Rainha para o Rei, quebrando o silêncio, “este nanico cruel me raptou. Vieste me salvar!” “Pelo que vejo, entraste para um convento antes que ele te raptasse”, ironizou o Rei. “Ele me obrigou a vestir isto. É um tarado. Aliás, não poderias ter vindo me salvar usando uma roupa melhor, uma armadura, uma capa de veludo, qualquer coisa decente?” Homúnculo, o Grande, riu. A vilania e a perversidade da amante o excitavam. Revoltado com a insolência, o Agente da Passiva tentou ameaçá-lo: “Tua mão será tirada já desta alavanca...”. Mas o outro o interrompeu com um deboche: “Então a Passiva existe mesmo! Deves ser o agente-chefe. A uva foi vista por Ivo... Que jeito mais ridículo de encarar as coisas, que falta de objetividade. Quanto tempo ainda me resta para tirar a mão, antes que uma medida drástica seja tomada por ti? Doze horas? Vinte e quatro? A Passiva... Não é de estranhar que tenham demorado tanto a solucionar este caso. No final alguma voz ativa deve ter te dito o que fazer, não é mesmo?”. “Querido, vamos tirar-te já daí", disse Palavra-ônibus para Caminho, sem poder mais se conter. "Foi ela", disse a Rainha, "não sei quem é, mas foi ela." "Nada disso. Os agentes da Passiva fizeram todo o trabalho, liderados por seu chefe, este herói aqui presente. Quanto a ela, é minha futura conselheira. Fará por meu reino o que a Rainha nunca foi capaz de fazer", disse o Rei. Pega de surpresa, Palavra-ônibus virou-se para ele como se não acreditasse no que acabava de ouvir. "Ela é a mulher do pastor, minha freirinha safada", disse Homúnculo, o Grande, para a Rainha. E continuou com a zombaria: "Pelo menos o futuro conselheiro não será o arrastador-de-pantufas-mor da Passiva, o que significaria que o fim teria sido alcançado pela picada!". Superlativo tentava desesperadamente arrebentar a coleira e arrancar a mordaça com as patas. A tensão na voz de Palavra-ônibus o deixara enlouquecido. "Champanhe?", ofereceu a todos a Rainha. "Deixa-me acabar com isso primeiro. Depois que o representante de Deus afundar em meu saboroso pó amarelo e sair do tanque virado num cabra da peste, nem o Virgulino aí vai poder com ele", ameaçou Homúnculo, o Grande, fazendo Caminho despencar de forma abrupta por um metro, apenas para mostrar que tinha o poder de fazê-lo chegar ao fundo do tanque antes que qualquer um ali tentasse salvá-lo. Todos prenderam a respiração. Só agora conheciam o real perigo que pairava sobre, ou melhor, *sob* Caminho. Virgulino reagiu: "O baixinho sabe o meu nome, mas não do que eu sou capaz". "Não, não me diz que o teu nome é mesmo Virgulino. *Risum teneatis, amici*?* Muito bem, vou tentar adivinhar. És capaz de... permitir que tua filha junte os trapinhos promíscuos com esse asterisco disfarçado de ponto. Acertei? Ou essa não é tua filha, nem esse é o filho do pastor? Ah, conheço o populacho! Por isso quero botá-lo na linha", tripudiou Homúnculo, o Grande. Superlativo conseguiu arrancar a mordaça e começou a latir. "Ai", fez a Rainha, tapando um ouvido, "alguém aí tem um lenço ranhento envenenado?" Assim que falou, ela se deu conta de que falara demais. O Rei, lembrando-se do dálmata encontrado morto com o lenço de seu dono entre os dentes, olhou-a, incrédulo, e ela tentou se corrigir: "O teu não, querido, que é apenas ranhento, quer dizer, *era*, porque o que vi hoje no trinco da tua porta...". "Cala a boca", ordenou o Rei. E o Agente da Passiva voltou a se manifestar: "E tu, tua mão

* Poderíeis conter o riso, amigos?

será tirada já dessa alavanca por...". "*Substine et abstine*!"*, interrompeu-o de novo Homúnculo, o Grande, fazendo Caminho cair mais um metro. "Pai!", gritou Ponto. Furiosíssimo, Superlativo arrebentou a coleira e, rapidíssimo, jogou-se sobre Homúnculo, o Grande, derrubando-o antes que ele pudesse voltar a acionar a alavanca. Homúnculo, o Grande, correu e pulou no colo da Rainha, que, ato contínuo, atirou-o dentro do reservatório junto com a bandeja e as taças de champanhe. Ainda foi possível escutar a voz do "nanico cruel" antes que chegasse ao fundo: "*Qui baculo non corrigitur in ollam mittitur*".** "Podemos ir agora, querido?", disse a Rainha para o Rei, limpando as mãos. Superlativo, brabíssimo, avançou sobre ela e a encurralou contra a borda do tanque, rosnando de modo assustador. "Alguém, fora o meu marido, poderia me alcançar um lenço envenenado, por favor?", ela pediu. Então algo voou e grudou-se em sua cara. "O que é isso, ranho puro?", ela perguntou. "Quase", disse o Rei, "tira o 'nho'." Era Rã. A Rainha soltou um grito de asco e jogou o animalzinho longe, mas, no movimento, perdeu o equilíbrio e lá se foi, de pernas para o ar, ao en-

* Suporta e abstém-te.

** Quem não se corrige com o bordão é jogado no caldeirão.

contro do amante. Imediatamente, Caminho foi posto fora de perigo e libertado. Porém, antes mesmo que pudesse abraçar a família e agradecer ao Rei e aos outros, Homúnculo, o Grande, e a Rainha, surgidos do reservatório por uma escadinha, estavam de volta para roubar a cena. Ao vê-los, amarelos de cima a baixo, o Rei não resistiu à ironia e falou: "*Consummatum est*".* "Os reises são tudo igual: eletistas. Pois fica sabendo que esse teu latinho aí é grego pra mim. Entra por aqui e sai por aqui", disse Homúnculo, o Grande, gesticulando muito. "Reises? Latinho?", questionou Vírgula, olhando para Palavra-ônibus. "Olha só! Mas isso não faz-se! Tão jovem e tão perconceituosa! O que que tu tem que vê se eu falo reises e latinho? Vai querer me ratificar? Vai me chamar de bárbaro, de solecista? Grande coisa. Entra por aqui e sai por aqui", protestou Homúnculo, o Grande. "Esse é o pobrema da crasse de vocês. Descriminam os das outras crasse, os humirde, os enformal, os emigrante. Logo nóis, que não temo nem a quem recorrer, porque os político são tudo igual, dos diputado aos persidente, só dão bola pra voz dos banqueiro: ela trina e eles tudo se drobam. Vai dizer

* (Tudo) está consumado.

que não? Tudo que os cidadões proporam foram sempre ingnorado. Pois ficam sabendo que eu vou matar no peito e virar esse jogo. Sou bárbaro e com orgúio! Vou fundar uma BONG, Bárbara Organização Não Governamental, e vou trabaiá pra mudar essa situação. Tenho fé de mais nessa ideia. Vou ser um sordado contra o perconceito, vou lutar pra que tenha menas injustiça no mundo. E vou-me já, que é hora!", discursou Homúnculo, o Grande. A Rainha estava encantada com ele. "Espera! Nessa tua BONG não teria um lugarzinho para mim?", implorou a Rainha. "Eu poderia desenvol ver um projeto para salvar cães de rua, há tantos animaizinhos abandonados por aí, sujos, doentes, famintos, necessitados de carinho e atenção. Não há no mundo injustiça maior do que essa. Teríamos um canil enorme. Eu tomaria conta dele sozinha. Poderia se chamar 'Cento e um dálmatas'!" "Quanta bondade sai pela boca dela! Tu é mesmo uma moça-fada! 'Sento em um dálma'... Gostei do nome. Nem percisa percurar outro. Pode deixar comigo. Faço umas baia bonitinha, com per-laje, parede pintada de tinta clínica, tudo bem fechadinho pros bicho não drumi na leblina", disse Homúnculo, o Grande, abrindo a porta que dava para o quarto e a saída secreta. "Agoramente vamo simbora per aqui, que a gente corta caminho. É tarde. Temo que arregaçar as manga e começar a trabaiá." "Os fugitivos serão presos por mim antes que aquela porta seja atravessada por eles, majestade?", perguntou o Agente da Passiva. "Deixe-os ir. Não são fugitivos: já cumprem pena, e com entusiasmo. Vamos observá-los, a ver se prestam mesmo algum serviço à comunidade", disse o Rei.

"Prezados telespectadores", falou Vocativo, "vamos encerrar nosso programa de hoje mostrando imagens do reino de Ponto Alegre em paz." O clima era mesmo de paz. Super Elipse tinha derrotado as onomatopeias. Com o fim dos Compostos Eruditos, os atentados haviam cessado. A pontuação não abandonara as ruas, mas o tom das manifestações era agora de aposta em mudanças que se anunciavam. O Rei fora recebido de volta em triunfo, gozando de credibilidade e amplos poderes para conduzir a nação à estabilidade – até porque a maioria dos parlamentares e juízes havia desaparecido. A grande briga, o ataque das onomatopeias e a ação da super-heroína tinham ocorrido principalmente nas imediações do Parlamento e da sede do Poder Judiciário, atingindo o interior dos prédios. Por isso, supõe-se que as autoridades tenham sido comidas ou acidentalmente apagadas. Um dos atos iniciais do Rei foi nomear Palavra-ônibus sua conselheira. Caminho foi condenado a destinar o dinheiro da Igreja do Caminho para projetos sociais que ele mesmo deveria coordenar. Sem demora foram criadas a Fundação Ponto de Honra, com o fim de atender pontos vítimas de atropelamento ou em situação social de risco, e a Fundação Lanfranhudo, destinada a dar amparo a palavras em desuso. Ao Agente da Passiva o Rei concedeu a aposentadoria e abençoou seu casamento com a culta Norma, que, em troca de delação premiada no caso das ações terroristas dos Compostos Eruditos, pôde ficar em liberdade. O casal mudou-se para o interior, onde abriu um pequeno negócio chamado Telefonema, de tele-entrega de fonemas. Ponto foi condenado a fazer um mea culpa público e a trabalhar em defesa dos interesses da pontuação. A visão que demonstraria possuir sobre o conflito de sua categoria era tão profunda e sua atuação seria marcada por tanta lucidez e abnegação, que, em pouco tempo, ele viria a se tornar um líder de expressão nacional, preparado para conduzir a primavera da pontuação a um ápice de conquistas objetivas importantes, transformadoras, com desdobramentos positivos para toda a sociedade. Mas antes disso, Ponto e Vírgula se casariam, com direito a lua de mel no exterior, hospedados num seleto e espaçoso poema de e. e. cummings, presente do padrinho mais importante, o Rei. E antes ainda, naquele dia em que a televisão mostraria Ponto Alegre em paz, Virgulino permitiu que Ponto e Vírgula passeassem a sós pela primeira vez. E coincidiu de o jovem casal estar no parque quando Vocativo chegou ao local em busca da cena que encerraria o programa. "Indicativo, filma aquele casal ali no jardim, no meio do canteiro, fecha neles", disse Vocativo para o câmera, ao ver Ponto e Vírgula se beijando. Vocativo sabia reconhecer uma imagem emblemática. Aquela lhe parecia perfeita: um beijo de ponto e vírgula naquele lugar, sugestão de paz duradoura, de amor que não quer passar, de sonho que se renova. Vocativo e Indicativo chegaram, filmaram e partiram. Ponto e Vírgula nem tomaram conhecimento deles. Foram ficando. Haviam chegado até ali, ali ficaram se chegando; ficando e durando e nunca passando e sonhando; num canteiro de gerúndios, felizes para sempre.

COMIGO NÃO TEM PERFEIÇÃO

VITOR RAMIL

Comecei a escrever *A primavera da pontuação* em 2002, motivado talvez pela expressão "atropelar a pontuação" que usamos ao falar de um texto mal pontuado. Escrevi o primeiro parágrafo, para não perder o *insight*, e logo dei início a uma lista de possíveis personagens, lugares ou situações que me ajudaria a desenvolver a trama. Para isso, voltei a abrir as Gramáticas da língua portuguesa lançando mão das mesmas estratégias criativas que me fizeram estudá-las ou apenas decorá-las no colégio. A diferença é que agora eu era um experiente professor-doutor da ESMNC, Escola Superior da Mesa da Nossa Casa, onde, na hora do almoço, costumava entreter – ou importunar, dependendo da situação – filhos e sobrinhos inventando origens para as palavras. Eles ficavam ali chomsky, chomsky, enquanto eu desfilava falsas etimologias que tanto mais apreciadas eram quanto mais *nonsense* fossem. Ana Ruth, minha mulher, linguista, que rotineiramente chomsky Chomsky entre as refeições, muitas vezes dava o ar de sua graça científica, ensinando-nos alguma coisa de verdade e, por contraste, tornando minhas "aulas" ainda mais surreais e divertidas para as crianças.

A lista de *A primavera da pontuação* prosperou recheada de anotações. No começo, contavam-se sessenta e três itens. Muitos personagens seriam descartados pelo caminho, como Til, irmão da mãe de alguém, ou um íntegro pronome reto. Em 2011, ao término do livro, só de protagonistas, coadjuvantes e "figurantes" eram cento e tantos. Se eu fosse um autor russo, teria escrito o épico mais conciso de todos os tempos.

O fato de ter começado a escrever em 2002 e publicado em 2014 não se deveu a um trabalho extenuante para elaborar a longa lista ou para enxugar o grande drama, mas ao fato de que simplesmente deixei o texto iniciado na gaveta por um motivo quase tão inexplicável quanto o que me fizera começar a escrevê-lo. Somente em 2008, depois de gravar dois discos, *Longes* e *Satolep Sambatown*, publicar a novela *Satolep*, compor para outro disco e pesquisar para outro livro – também encaminhado para a gaveta –, é que retomei as aventuras no reino de Ponto Alegre, tratando sempre de manter o descompromisso e o humor dos tempos do colégio e da ESMNC, mas destinando-o aos espíritos criativos de todas as idades. A demora em concluí-lo e publicá-lo terminou se revelando providencial, quase mágica: os recentes acontecimentos no mundo e no Brasil, a começar pela primavera árabe, conferiram ao livro uma atualidade que jamais esteve nos meus planos e me libertaram dos títulos provisórios, levando-me a adotar a ideia de "primavera" – entre 2002 e 2010 a única primavera de que se tinha notícia era a de Praga, em 1968.

Os primeiros leitores de *A primavera da pontuação*, dos amigos da ESMNC aos da editora, foram unânimes em achar que uma lista de personagens e anotações, como as que outrora eu fizera para mim mesmo paralelamente à escritura do texto, poderia constar na edição do livro, pois, além de facilitar eventuais consultas, tornaria a leitura menos cifrada e, por isso, mais divertida e prazerosa. Tive de concordar: afinal de contas, se a maioria de nós sabe o que é um verbo, poucos poderiam, por exemplo, associar de imediato o personagem Dionísio, a Traça, com Dionísio, o Trácio, considerado o primeiro gramático da tradição ocidental; ou Cornélio, o galo, com Cornélio Galo, amigo e protetor de Virgílio o poeta latino, autor da *Eneida*; ou saber que tipo de verso é um eneassílabo anapéstico para perceber que o respectivo personagem fala acentuando a terceira, a sexta e a nona sílabas; ou que Palavra-ônibus é palavra dicionarizada. Gostaria que os leitores pudessem apreciar ou mesmo rir dessas brincadeiras durante a leitura do livro, não depois, ao topar com as explicações em outras fontes. Além disso, achei que esse apêndice poderia não apenas ajudar a tornar a leitura mais ágil e a compreensão do texto mais aprofundada, como também servir aos meus semelhantes, estimulando-os a enfrentar com alegria as provas de português – nem que fosse dando-lhes a ideia de criar suas próprias estratégias de aprendizado. Não seria razoável, no entanto, explicar tudo – equivaleria quase a anexar uma Gramática ao livro. Mas não ficaria esquisito explicar umas coisas e não outras?

Na dúvida de como levar a ideia a bom termo, fiz publicar no jornal *Correio do Ponto* uma oferta de trabalho para especialistas dispostos a resolver o meu problema. Devo ter redigido um anúncio muito lacônico, pois apareceram poucos e inadequados candidatos: um Índice de Audiência, um Índice de Preços ao Consumidor, um Índice de Custo de Vida e um Índice Remisso. Dispensei os três primeiros sem entrevistá-los. O quarto despertou minha curiosidade. "*Remissivo*, o senhor quis dizer?", indaguei. "Não, *Remisso* mesmo", confirmou. Para ver onde aquilo ia dar, falei sobre o meu problema e perguntei que solução ele teria a me oferecer. "Bem", ele respondeu, "dar conta de tudo não é serviço para mim. Vai ser preciso aumentar a equipe, dividir funções. O senhor pode contratar alguém só para dar explicações, por exemplo, mas, se me permite sugerir, que sejam breves, sem formalidades e limitadas àquilo que é relevante ou que não está na ordem do dia. De minha parte, eu faria uma listinha, ficaria por ali dando umas indicações e tal, mas todas, nem pensar, que comigo não tem perfeição." Comigo não tem perfeição... Quando ele falou isso, contratei-o imediatamente. Que argumento irrefutável para pôr fim ao problema! A presença de espírito de Índice Remisso tinha tudo a ver com o espírito de *A primavera da pontuação*. Por um momento pensei que ele tivesse feito sua formação na ESMNC. Cheguei a lamentar não tê-lo posto na trama como um dos protagonistas. Mas o trabalho dele, ainda que acessório, seria de grande importância. Aliás, foi graças ao empenho de Remisso em ter o mínimo possível de obrigações que cheguei ao melhor modelo para um guia que o leitor pudesse ter à mão no caso de querer revisitar a arquitetura ou o cotidiano de Ponto Alegre em busca de algo específico. Montei uma equipe, conforme a sugestão de Índice Remisso, contratando para trabalhar com ele algumas incitadoras citações e um sujeito glosador. Reuni-os sob o lema "Comigo não tem perfeição", claro. O resultado do trabalho desse quase esforçado grupo pode ser conhecido a seguir.

Antes, quero agradecer a Carmen Lúcia Matzenauer pela leitura rigorosa dos originais de *A primavera da pontuação* e pelos risos compartilhados. Pelos mesmos motivos, somados às discussões de fundo, agradeço a Ana Ruth Moresco Miranda, a quem o livro é dedicado – ainda que, no caso, os motivos citados sejam pouco diante das incontáveis razões que me fazem ser grato a ela pelos longos e amorosos anos de companheirismo na ESMNC.

ÍNDICE REMISSO

INCITADORAS CITAÇÕES

AI 5 referência ao AI-5, Ato Institucional n. 5, decreto emitido pelo governo militar brasileiro em 13 de dezembro de 1968 com o fim de dar poderes extraordinários ao regime.

BEAT IT alusão à canção homônima de Michael Jackson.

"CANTO A ARMA, O VARÃO" "Canto as armas e os varões", primeiro verso da *Eneida*, de Virgílio.

CHOMSKY alusão a Noam Chomsky, linguista norte-americano, fundador do Gerativismo.

CORNÉLIO, O GALO alusão a Cornélio Galo, poeta romano, amigo e protetor de Virgílio.

DIONÍSIO, A TRAÇA referência a Dionísio, o Trácio, autor da (*Téchne*) *Grammatiké*, considerada a primeira Gramática ocidental.

E. E. CUMMINGS poeta norte-americano de vanguarda que utilizava a pontuação e a espacialidade gráfica como importantes recursos expressivos.

"EIA, EIA! ALALÁ!" grito de guerra grego adotado pelo poeta e líder militar italiano Gabrielle D'Annunzio. Em 1919, à revelia do governo italiano, D'Annunzio liderou a ocupação da estratégica cidade de Fiume (hoje Rijeka, Croácia), chegando a transformá-la em Estado independente e a autoproclamar-se o *Duce*. A expressão "Eia, eia, Alalá!" entrou para a história associada ao fascismo italiano, ainda que D'Annunzio não tenha tomado parte no movimento.

"TODOS ESSES PONTOS QUE AÍ ESTÃO ATRAVANCANDO O MEU CAMINHO: ELES PASSARÃO, EU FICARINHO" alusão ao "Poeminha do contra", de Mário Quintana ("Todos estes que aí estão/ Atravancando o meu caminho,/ Eles passarão./ Eu passarinho!")

HOUAISS referência ao enciclopedista, dicionarista e filólogo Antônio Houaiss.

LUFT, O FANTASMINHA referência ao professor, gramático e dicionarista Celso Pedro Luft e ao personagem Pluft, o Fantasminha, da obra homônima de Maria Clara Machado.

PENÉLOPE BLOOM alusão às personagens Penélope (mulher de Ulisses no poema épico *Odisseia*, de Homero) e Molly Bloom (mulher de Leopold Bloom no romance *Ulisses*, de James Joyce).

POETA BIGODUDO POLONÊS referência ao poeta Paulo Leminski, autor dos versos: "Um dia, matei-o com um objeto direto na cabeça", do poema "O assassino era o escriba".

PUMA CINZA-METÁLICO, PONTOCENTRO referências ao fracassado atentado ocorrido durante a ditadura militar no Brasil, quando uma bomba explodiu acidentalmente no interior de um Puma no estacionamento do Riocentro, no Rio de Janeiro, matando o militar que a portava e ferindo outro gravemente.

SAUSSURE alusão a Ferdinand de Saussure, linguista suíço cujas ideias expressas no *Curso de linguística geral* são consideradas fundadoras da linguística moderna.

"SUARABÁCTI JOHNNY", DE BRÉCHITI referência à canção "Surabaya Johnny", de Kurt Weill e Bertolt Brecht.

GLOSAÇÃO

ABLATIVO [DO LATIM *ABLĀTĪVUS*] caso gramatical ablativo (que expressa noções de lugar, tempo, causa, modo etc.). No português, corresponde ao adjunto adverbial.

ACENTO AFETIVO acento de caráter emocional que recai sobre a primeira ou segunda sílaba da palavra, podendo coincidir com a tônica.

ACENTO INTELECTUAL acento de insistência que enfatiza sempre a primeira sílaba das palavras.

ADJETIVOS UNIFORMES que possuem uma só forma para os dois gêneros.

AGENTE DA PASSIVA complemento que, em orações na voz passiva, pratica a ação sofrida pelo sujeito.

AGLUTINAÇÃO quando os elementos que formam uma palavra composta se unem num só vocábulo gráfico, ficando subordinados a um único acento tônico e perdendo sua integridade silábica. Exemplos: aguardente (água + ardente), planalto (plano + alto).

ALEXANDRINO verso de doze sílabas.

ANACOLUTO figura de sintaxe. Aquele que fala se desvia do enunciado, mudando a construção da frase quase como se iniciasse outra.

APÓCOPE supressão de sons no fim da palavra. Exemplo: "Artista – corta o mármor de Carrara" ("Vozes d'África", Castro Alves).

ARABISMO palavra ou expressão de origem árabe. Exemplos: açucena [do árabe *as-sūsāna*]; alarife [do ár. *al-Harīf*]: espertalhão, trapaceiro; alaroça [do ár. *al-arūs*]: noiva; alarve [do ár. *al-Harab*]: beduíno; alaúde [do ár. *al-Haud*]; alboque [do ár. *al-bōq*]: instrumento de sopro e palhetas; alcácer [do ár. *alqasr*]: habitação suntuosa, palácio; alcachofra [do hispânico/árabe *harxufa*]; alcaparra [do ár. *al-kabbār*]; alcateia [do ár. *al-qatíh*]: (por metáfora) bando de malfeitores; alcoceifa [do ár. *al-qusayfa*]: bairro de prostituição, zona; alcova [do ár. *al-qub-ba*]: quarto de mulher; alcoviteiro [do ár. *al-qawwād*]: cafetão; alcrevite [do ár. *al-kibrīt*]: enxofre; alecrim [do ár. *al-iklīl*]; alface [do ár. *al-khass*]; alfafa [do ár. *al-halfā*]; alfageme [do ár. *al-hadjdjām*]: barbeiro e afiador de facas, armeiro; alfaiate [do ár. *al-hayyât*]; alfarrabista [do ár. *al-Fārābi*]: vendedor ou colecionador de livros antigos; alfazema [do ár. *al-huzâma*]; alferes [do ár. *al-fāris*]: posição na hierarquia militar; alfombrado [do ár. *al-humrâ*]: coberto de relva; algazarra [do ár. *al-gazārâ*]; algibebe [do ár. *al-jabbāb*]: indivíduo que faz ou vende roupas de baixa qualidade; algaravia [do ár. *al-arabiyya*]: linguagem confusa, incompreensível, língua árabe; algodoeiro [do ár. *al-qutun*]; almainha [do ár. *al-munia*]: horta, pomar; almíscar [do ár. *al-misk*]: substância odorífera de cor amarelada; almóada [do ár. *al-muwahhid*]:

membro da dinastia berbere homônima; almocadém [do ár. *al-muqaddem*]: capitão na milícia árabe e portuguesa; almocreve [do ár. *al-mukārī*]: condutor de bestas de carga; almofadinha [do ár. *al-muhaddâ*]; almôndega [do ár. *al-bundqâ*]; almorávida [do ár. *al-murābiṭ*]: membro da seita religiosa homônima; almotacel [do ár. *Al-muhtásib*]; inspetor de pesos e medidas; almoxarife [do ár. *al-muxarif*]; almuadem [do ár. *al-mūadim*]: aquele que anuncia a hora das preces aos muçulmanos; alnaíbe [do ár. *an-nā ib*]: capitão de cavalaria; alquimista [do ár. *al-kīmīa*]; alféloa [do ár. *al-halāua* ou *al-haluā*]: bala feita a partir da massa (de açúcar ou melaço) de mesmo nome; alvanel [do ár. *al-bannā*]: pedreiro; alvará [do ár. *al-barāâ*]; cenoura [talvez do ár. *isfanāria*, pelo ár. vulgar *sānnārīa*]; tambor [do ár. *at-tanbūr*].

ASTERISCO [DO GREGO *ASTERÍSKOS*] estrelinha; sinal gráfico em forma de estrela.

BARBARISMO vício de linguagem que consiste em erros fonéticos ("sordado" por "soldado"), morfológicos ("reises" por "reis"), sintáticos (*menas* injustiça) ou semânticos ("ratificar" por "retificar"), além do uso indevido de estrangeirismos.

BISESDRÚXULA quando formas verbais se combinam com pronomes átonos e o acento recua para antes da antepenúltima sílaba (por exemplo, "oculta-te-me").

CACÓFATO combinação da sílaba final de uma palavra com a primeira de outra, formando ou sugerindo uma terceira palavra, quase sempre chula. Exemplos: "fé de mais", "vou-me já".

CAVALGAMENTO prolongamento de um verso de modo que seu final se desloque para o início do verso seguinte; *enjambement*.

CESURA pausa no interior do verso. Ocorre principalmente em versos longos.

CLÍTICO palavra, em geral monossilábica, que não recebe acento prosódico, motivo pelo qual se associa naturalmente à palavra adjacente. Exemplos: os pronomes oblíquos *me*, *te*, *se*, *lhe*; os artigos definidos *o*, *a*, *os*, *as*.

COMPOSTOS ERUDITOS palavras formadas por radicais gregos ou latinos (dois termos são associados, sendo que um serve de determinante do outro), encontradas principalmente na nomenclatura científica, filosófica, técnica e literária. Exemplos: quadrimotor, quadrúpede, carnívoro, herbívoro, onipotente (latinos); biografia, biologia, demagogo, pedagogo, megalômano (gregos).

CONSOANTES sons linguísticos produzidos com algum tipo de obstrução do ar no aparelho fonador. Referências feitas em *A primavera da pontuação*: fricativas – produzidas com um estreitamento tal na passagem do ar que provoca fricção [f-v, s-z, ʃ-ʒ]: *faca-vaca*, *selo-zelo*, *chato-jato*; líquidas laterais – produzidas com o escape do ar pelas laterais da língua [l-ʎ]: *cala-calha*; líquidas não laterais – os sons de *r*, que podem ser fortes (*carro*) ou fracos (*caro*); plosivas – produzidas com a obstrução completa da passagem do ar [p-b, t-d, k-g]: *pato-bato*, *tela-dela*, *cato-gato*; sonoras – produzidas com vibração das pregas vocais [b, d, g, v, z, ʒ, dʒ, m, n, ɲ, l, ʎ, ɾ, r]: *voto* [v], *gato* [g]; surdas – produzidas sem vibração das pregas vocais [p, t, k, f, s, ʃ, tʃ]: *foto* [f], *cato* [k]; vibrante múltipla – o *r* forte na pronúncia antiga do português, cuja produção se caracterizava por pequenas e rápidas batidas da ponta da língua nos alvéolos; no português atual, tal consoante é preponderantemente produzida como uma fricativa velar: *rato*.

DÍGRAFOS duas letras que, juntas, equivalem a apenas um fonema. Exemplos: lh, ch.

ELIPSE figura de sintaxe. Supressão de palavra que fica subentendida no contexto da frase.

ÊNCLISE colocação do pronome oblíquo átono depois do verbo.

ENCONTRO CONSONANTAL sequência de consoantes numa mesma sílaba (tautossilábica) ou em sílabas adjacentes (heterossilábica).

ENEASSÍLABO ANAPÉSTICO verso de nove sílabas acentuado na terceira, na sexta e na nona sílabas.

FALSOS COGNATOS palavras semelhantes em duas línguas, mas que possuem significados diferentes.

FAMÍLIAS DE PALAVRAS conjunto de palavras que se agrupam em torno de um radical comum.

FAMÍLIAS IDEOLÓGICAS conjunto de palavras que se agrupam pelo sentido. Exemplos: casa, domicílio, lar, mansão etc.

FONEMA som vocálico ou consonantal capaz de distinguir significado na língua. No português, /k/

e /g/ são fonemas porque distinguem palavras como "cato" e "gato", por exemplo.

GENITIVO [DO LATIM *GENITĪVUS*] caso gramatical genitivo (que expressa relação de posse entre um nome e seu complemento ou adjunto). No português, corresponde ao adjunto adnominal restritivo.

HEROICO QUEBRADO hexassílabo usado em combinações com o decassílabo heroico. Daí a denominação de heroico quebrado.

HETERÔNIMO autor imaginário, com personalidade literária própria, a quem o autor verdadeiro atribui a autoria de suas obras.

HIBRIDISMO palavra formada por elementos de línguas diferentes. Exemplos: *automóvel* – o primeiro radical é de origem grega (*autós*) e o segundo, latina (*mobĭlis*); *bicicleta* [do francês *bicyclette*] – o primeiro radical é de origem latina (*bi*) e o segundo, grega (*kýklos*); *bígamo* – o primeiro radical é de origem latina (*bi*) e o segundo, grega (*gámos*); *monóculo* – o primeiro radical é de origem grega (*mónos*) e o segundo, latina (*ocŭlus*); *sociólogo* – o primeiro radical é de origem latina (*socĭus*) e o segundo, grega (*lógos*).

HIPÉRBOLE figura de linguagem que aumenta ou diminui de forma excessiva a verdade das coisas com a intenção de enfatizá-las.

HOMÚNCULO [DO LATIM *HOMUNCŬLUS*] diminutivo erudito de "homem", homenzinho.

INDICATIVO modo verbal com que nos referirmos

ao que é real, inequívoco (para designar o que nos parece duvidoso, incerto, irreal, hipotético empregamos o modo subjuntivo).

JUSTAPOSIÇÃO quando os elementos que formam uma palavra composta são justapostos (em geral, unidos por hífen) sem perder sua integridade silábica. Exemplos: segunda-feira, passatempo.

LANFRANHUDO palavra em desuso que significa malvestido, mal-apresentado.

MESÓCLISE colocação do pronome oblíquo átono no meio do verbo (apenas em formas do futuro do presente ou do futuro do pretérito).

MORFEMA a menor unidade significativa da língua. A palavra "infelicidade", por exemplo, é formada por três morfemas: in – feliz – idade.

MORFEMA PRESO que não possui autonomia vocabular, que não pode figurar sozinho como palavra. Exemplos: os prefixos *in* (capaz – *in*capaz), *des* (igual – *des*igual); os sufixos *oso* (gosto – gost*oso*), *ável* (desejo – desej*ável*); as desinências nominais, verbais e verbo-nominais.

NEOLOGISMO palavra nova ou significado novo que determinada palavra adquire.

NORMA-PADRÃO ideal de língua baseado no uso literário; modelo que deveria ser seguido pelos falantes do idioma, segundo o ponto de vista de conservadores como Homúnculo, o Grande.

PALAVRA-ÔNIBUS palavra com grande número de acepções.

Exemplos: bacana, legal, troço, coisa.

PALAVRA-VALISE palavra formada por partes de outras palavras. Frequentemente é um neologismo.

PASSIVA voz verbal passiva. De modo geral, ocorre quando o objeto direto assume a posição de sujeito na frase, invertendo a formulação da voz ativa.

PRECIOSISMO rebuscamento excessivo, artificialidade, afetação ao escrever ou falar.

PRÓCLISE colocação do pronome oblíquo átono antes do verbo.

PRONOMES FOSSILIZADOS pronomes reflexivos que se tornam parte integrante de determinados verbos pronominais. Sem eles, os verbos não podem ser conjugados. Exemplos: suicidou-se, tu te arrependes.

PRÓTESE acréscimo de um fonema no início de uma palavra. Exemplo: alevantar.

PTOLEMAÎOS forma grega de Ptolomeu.

REDONDILHA MAIOR verso de sete sílabas.

REDONDILHA MENOR verso de cinco sílabas.

REGÊNCIA Segundo o *Dicionário prático de regência verbal*, de Celso Pedro Luft (Ática, 9ª edição, 2009): "em sentido restrito, e mais habitual, regência é a subordinação especial de complementos às palavras que os preveem na sua significação".

De acordo com a *Gramática descritiva do português*, de Mário Perini

(Ática, 4ª edição, 2007), "fenômenos de regência são muito numerosos na língua e nem sempre se reconhecem como tais". O autor destaca os casos que, segundo ele, cobrem "a maior parte dos fenômenos denominados 'de regência'": a transitividade verbal (verbos transitivos direto e indireto "exigem" complemento; verbos intransitivos "recusam" complemento) e a transitividade nominal (substantivos, adjetivos e advérbios "exigem" ou "recusam" complemento).

Perini chama atenção para os seguintes aspectos relativos à regência: a) tanto na transitividade verbal como na nominal, o termo regente pode determinar certos traços da forma do complemento; "tipicamente, o termo regente, exige a presença de uma preposição específica"; b) os verbos também podem fazer exigências em relação à forma das orações a eles subordinadas, exigências essas que "podem dizer respeito ao modo do verbo da subordinada, ou então ao tipo de subordinada" como, por exemplo: "Ele determinou que todos se apresentassem" (e não "Ele determinou que todos se apresentam / apresentaram") ou "Ele determinou todos se apresentarem"; c) certos vocábulos não verbais "(tradicionalmente classificados como advérbios) fazem exigência quanto ao modo da oraçao a que pertencem". Em geral essa exigência depende da posição do advérbio, "de tal modo que o efeito só se faz sentir se o verbo vier depois do advérbio na oração". Por exemplo: "Eu talvez pense no assunto" / "Eu pensarei no assunto, talvez".

Mencionando a "rede de compatibilidades que funciona dentro (ou em torno) do sintagma nominal", o autor acrescenta ainda um caso que, pela semelhança com os anteriores, a rigor, pode ser considerado também como manifestação da relação de regência: "a presença de um predeterminante anteposto exige a presença de um determinante." Por exemplo: "Todas as pessoas" e não "Todas pessoas".

RIMAS ALTERNADAS rimas que se alternam. O primeiro verso rima com o terceiro (e demais ímpares), o segundo com o quarto (e demais pares). Esquema *abab*.

RIMAS EMPARELHADAS que se sucedem duas a duas. Esquema *aabb*.

RIMAS INTERPOLADAS quando o primeiro verso rima com o quarto e o segundo, com o terceiro. Esquema *abba*.

RIMAS POBRES rimas soantes feitas com terminações muito comuns no idioma, principalmente as de palavras de mesma classe gramatical.

RIMAS RICAS feitas com palavras de classe gramatical diversa ou de finais pouco frequentes.

SÍNQUISE tipo de hipérbato. Radical inversão de posição de palavras em uma frase.

SINTAXE Segundo o *Dicionário de linguística e fonética*, de David Crystal (Jorge Zahar Editor, 1ª edição, 1988): "termo tradicional para o estudo das regras que regem a maneira como as palavras se combinam para formar as sentenças de uma língua. Sintaxe, assim, se opõe a Morfologia, o estudo da estrutura da palavra. Uma definição alternativa (evitando o conceito de 'palavra') é o estudo das inter-relações entre os elementos da estrutura da sentença, e das regras que regem a combinação das sentenças em sequências. Neste uso, pode-se falar em sintaxe da 'palavra'".

SOLECISMO vício de linguagem que consiste em erros de sintaxe. Barbarismo sintático.

SUARABÁCTI modalidade de epêntese em que a vogal é inserida na palavra a fim de desfazer um encontro consonantal.

VERBO AUXILIAR verbo que acompanha a forma nominal de outro verbo, formando com ela um todo significativo.

VERSAL letra de caixa-alta.

VERSALETE tipo que tem a forma de versal, mas a altura da letra em caixa-baixa.

VERSO DE GAITA GALEGA decassílabo acentuado na quarta, na sétima e na décima sílabas.

VOGAL INTRUSIVA inserida na palavra a fim de desfazer encontros consonantais não licenciados na língua.

SOBRE O AUTOR

VITOR RAMIL nasceu em Pelotas, Rio Grande do Sul, em 7 de abril de 1962. Compositor, letrista, cantor e escritor, é autor de dez discos – entre eles, *Ramilonga – A estética do frio* (1997); *délibáb* (sobre poemas de João da Cunha Vargas e Jorge Luis Borges, 2010); e *Foi no mês que vem* (2013); e três livros – o ensaio *A estética do frio* (2003) e os romances *Pequod* (1995) e *Satolep* (Cosac Naify, 2008).

COORDENAÇÃO EDITORIAL Heloisa Jahn
ASSISTENTE EDITORIAL Raquel Toledo
PREPARAÇÃO Carlos A. Inada
REVISÃO Cecília Floresta e Isabel Jorge Cury
PROJETO GRÁFICO Gabriela Castro e Nathalia Cury
PRODUÇÃO GRÁFICA Aline Valli

Citações com notas de rodapé são do *Dicionário de sentenças latinas e gregas*, de Renzo Tosi, WMF Martins Fontes, 3ª ed., 2010.

Nesta edição, respeitou-se o novo Acordo Ortográfico da Língua Portuguesa.

Dados internacionais de catalogação na Publicação (CIP)

Ramil, Vitor [1962-]
A primavera da pontuação: Vitor Ramil
São Paulo: Cosac Naify, 2014
192 pp.

ISBN 978-85-405-0611-4

1. Ficção brasileira I. Título

CDD 869.93

Índices para catálogo sistemático:
1. Ficção: Literatura brasileira 869.93

COSAC NAIFY
rua General Jardim, 770, 2º andar
01223-010 São Paulo SP
cosacnaify.com.br [11] 3218 1444
atendimento ao professor [11] 3823 6560
professor@cosacnaify.com.br

Projeto realizado com o apoio do Governo do Estado de São Paulo, Secretaria da Cultura, Programa de Ação Cultural 2013

FONTES Amalia Pro e Platform
PAPEL Polén soft 80 g/m²
IMPRESSÃO Loyola